中国作家
同题散文
精选

茶话
从百草园到三味书屋

烟酒茶园卷

周瘦鹃 鲁迅 等
著

人民文学出版社

图书在版编目(CIP)数据

茶话　从百草园到三味书屋:烟酒茶园卷/周瘦鹃
等著．—北京:人民文学出版社,2022
(中国作家同题散文精选)
ISBN 978-7-02-017182-8

Ⅰ.①茶…　Ⅱ.①周…　Ⅲ.①散文集-中国-现代 ②
散文集-中国-当代　Ⅳ.①I266

中国版本图书馆 CIP 数据核字(2022)第 083913 号

责任编辑　卜艳冰　邱小群　刘佳俊
封面设计　李苗苗

出版发行　人民文学出版社
社　　址　北京市朝内大街 166 号
邮政编码　100705

印　　刷　上海盛通时代印刷有限公司
经　　销　全国新华书店等

字　　数　106 千字
开　　本　890 毫米×1240 毫米　1/32
印　　张　4.875
版　　次　2022 年 9 月北京第 1 版
印　　次　2022 年 9 月第 1 次印刷

书　　号　978-7-02-017182-8
定　　价　39.00 元

如有印装质量问题,请与本社图书销售中心调换。电话:010-65233595

编辑例言

中国素来是散文大国，历代文章，传诵不绝。而至现代，散文再度勃兴，名篇佳作，亦不胜枚举。散文一体，论者尽有不同解释，但涉及风格之丰富多样，语言之精湛凝练，名家又皆首肯之。因此，在时下"图像时代"或曰"速食文化"的阅读气氛中，重读经典散文，便又有了感受母语魅力的意义。

我国历来有编辑"类书"的传统，采撷群书，辑录各门类或某一类资料，根据内容加以编排，以供查询、征引之用，如《太平广记》《艺文类聚》《古诗类编》等。这样的编选思路，能够较为精准地囊括某一题材的佳作，方便读者检索、参考、阅读，也有利于传播，是古代的"数据库"。本着这样的出发点，我社曾分批编选并出版过一套以主题为核心的同题散文集，比如春、夏、秋、冬，比如风、花、雪、月……每册的内容相对集中，既有文学的意义，又有史料的功能。

数年过去，这套丛书在读者中反应尚佳。因此，我们决定遴选其中的经典篇目，并增加一部分之前未选入丛书的作品，出一套精选集。选文中一些现代作家的行文习惯和用词可能与当下的规范不一致，为尊重历史原貌，一律不予更动。由于编选者识见有限，疏漏之处在所难免，遗珠之憾也仍将存在，敬请读者诸君多多指教。

第一辑

烟

谈抽烟　朱自清　　　　　　　　002

吸烟与文化　徐志摩　　　　　　004

何容先生的戒烟　老舍　　　　　008

烟卷　朱湘　　　　　　　　　　010

烟赋　汪曾祺　　　　　　　　　018

第二辑

谈酒　周作人　　　　　　　　028

醉　巴金　　　　　　　　　　032

微醉之后　石评梅　　　　　　038

醉后　庐隐　　　　　　　　　042

野花香醉后　孙福熙　　　　　047

饮酒　金受申　　　　　　　　051

第三辑

茶

喝茶　周作人　　　　　　　　　　060

上海的茶楼　郁达夫　　　　　　　063

戒茶　老舍　　　　　　　　　　　067

吃茶记　胡适　　　　　　　　　　069

茶话　周瘦鹃　　　　　　　　　　072

茶坊哲学　范烟桥　　　　　　　　076

寻常茶话　汪曾祺　　　　　　　　080

茶馆　缪崇群　　　　　　　　　　086

喝茶　金受申　　　　　　　　　　091

第四辑

园

从百草园到三味书屋　鲁迅　　　104

公园　萧红　　　109

非正式的公园　老舍　　　112

废园外　巴金　　　115

公园　朱自清　　　118

游中山公园　张恨水　　　125

世界公园的瑞士　邹韬奋　　　128

观莲拙政园　周瘦鹃　　　133

园林艺术的大集成　范烟桥　　　137

种树　魏金枝　　　140

菠萝园　杨朔　　　146

第一辑

烟

谈抽烟

朱自清

有人说:"抽烟有什么好处? 还不如吃点口香糖, 甜甜的, 倒不错。"不用说, 你知道这准是外行。口香糖也许不错, 可是喜欢的怕是女人孩子居多; 男人很少赏识这种玩意儿的; 除非在美国, 那儿怕有些个例外。一块口香糖得咀嚼老半天, 还是嚼不完, 凭你怎么斯文, 那朵颐的样子, 总遮掩不住, 总有点儿不雅相。这其实不像抽烟, 倒像衔橄榄。你见过衔着橄榄的人? 腮帮子上凸出一块, 嘴里不时地嗞儿嗞儿的。抽烟可用不着这么费劲; 烟卷儿尤其省事, 随便一叼上, 悠然地就吸起来, 谁也不来注意你。抽烟说不上是什么味道; 勉强说, 也许有点儿苦吧。但抽烟的不稀罕那"苦"而稀罕那"有点儿"。他的嘴太闷了, 或者太闲了, 就要这么点儿来凑个热闹, 让他觉得嘴还是他的。嚼一块口香糖可就太多, 甜甜的, 够多腻味; 而且有了糖也许便忘记了"我"。

抽烟其实是个玩意儿。就说抽卷烟吧, 你打开匣子或罐子, 抽出烟来, 在桌上顿几下, 衔上, 擦洋火, 点上。这期间每一个动作都带股劲儿, 像做戏一般。自己也许不觉得, 但到没有烟抽的时候, 便觉得了。那时候你必然闲得无聊；特别是两只手，简直没处放。再说那吐出的烟，袅袅地缭绕着，也够你一回两回地捉摸；它可以领你走到顶远的地方去——即便在百忙当中，也可以让你轻松一忽儿。所以老于抽烟的人，一叼上烟，真能悠然遐想。他霎时间是个自由自在的身子，无论他是靠在沙发上的绅士，还是蹲在台阶上的瓦匠。有时候他还能够叼着烟和人说闲话；自然有些含含糊糊的，但是可喜的是那满不在乎的神气。这些大概也算是游戏三昧吧。

好些人抽烟，为的是有个伴儿。譬如说一个人单身住在北平，和朋友在一块儿，倒是有说有笑的，回家来，空屋子像水一样。这时候他可以摸出一支烟抽起来，借点儿暖气。黄昏来了，屋子里的东西只剩些轮廓，暂时懒得开灯，也可以点上一支烟，看烟头上的火一闪一闪的，像亲密的低语，只有自己听得出。要是生气，也不妨迁怒一下，使劲儿吸他十来口。客来了，若你倦了说不得话，或者找不出可说的，干坐着岂不着急？这时候最好拈起一支烟将嘴堵上，等你对面的人。若是他也这么办，便尽时间在烟子里爬过去。各人抓着一个新伴儿，大可以盘桓一会的。

从前抽水烟旱烟，不过一种不伤大雅的嗜好，现在抽烟却成了派头。抽烟卷儿指头黄了，由它去。用烟嘴不独麻烦，也小气，又跟烟隔得那么老远的。今儿大褂上一个窟窿，明儿坎肩上一个，由他去。一支烟里的尼古丁可以毒死一个小麻雀，也由它去。总之，别别扭扭的，其实也还是个"满不在乎"罢了。烟有好有坏，味有浓有淡，能够辨味的是内行，不择烟而抽的是大方之家。

吸烟与文化

徐志摩

一

　　牛津是世界上名声压得倒人的一个学府。牛津的秘密是它的导师制。导师的秘密，按利卡克教授说，是"对准了他的徒弟们抽烟"。真的在牛津或康桥要找一个不吸烟的学生是很费事的——先生更不用提。学会抽烟，学会沙发上古怪的坐法，学会半吞半吐地谈话——大学教育就够格儿了。"牛津人""康桥人"还不够抖吗？我如果有钱办学堂的话，利卡克说，我要做的第一件事情是造一间吸烟室，其次造宿舍，再次造图书室；真要到了有钱没地方花的时候再来造课堂。

二

　　怪不得有人就会说，原来英国学生就会吃烟，就会懒惰。臭绅士的架子！臭架子的绅士！难怪我们这年头背心上剌剌的老不舒服，原来我们中间也来了几个叫士巴菰烟臭熏出来的破绅士！

这年头说话得谨慎些。提起英国就犯嫌疑。贵族主义！帝国主义！走狗！挖个坑埋了他！

实际上事情可不这么简单。侵略，压迫，该咒是一件事，别的事情不跟着走。至少我们得承认英国，就它本身说，是一个站得住的国家，英国人是有出息的民族。它是有组织的生活，它是有活气的文化。我们也得承认牛津或是康桥至少是一个十分可羡慕的学府，它们是英国文化生活的娘胎。多少伟大的政治家、学者、诗人、艺术家、科学家，是这两个学府的产儿——烟味儿给熏出来的。

三

利卡克的话不完全是俏皮话。"抽烟主义"是值得研究的。

但吸烟室究竟是怎么一回事？烟斗里如何抽得出文化真髓来？对准了学生抽烟怎样是英国教育的秘密？利卡克先生没有描写牛津、康桥生活的真相；他只这么说，他不曾说出一个所以然来。许有人愿意听听的，我想。我也在英国念过两年书，大部分的时间在康桥。但严格地说，我还是不够资格的。我当初并不是像我的朋友温源宁先生似的出了大金镑正式去请教熏烟的；我只是个，比方说，烤小半熟的白薯，离着焦味儿透香还正远呢。但我在康桥的日子可真是享福，生怕这辈子再也得不到那甜蜜的机会了。我不敢说康桥给了我多少学问或是教会了我什么。我不敢说受了康桥的洗礼，一个人就会变气息，脱凡胎。我敢说的只是——就我个人说，我的眼是康桥教我睁的，我的求知欲是康桥给我拨动的，我的自我意识是康桥给我胚胎的。我在美国有整两年，在英国也算是整两年。在美国我忙的是上课，听讲，写考卷，啃橡皮糖，看电影，赌咒。在康桥我忙的是散步，划船，骑自行车，抽烟，闲谈，吃五点钟茶、牛油烤饼，看闲书。如果我到美国的时候是一个不含糊的草包，我离开自由神的时候也还是原封没有动；但如果我在美国的时候不曾通窍，我在康桥的日子至少自己明白了原先只是一肚子颟顸。这分别不能算小。

我早想谈谈康桥，对它我有的是无限的柔情。但我又怕亵渎了它似的始终不曾出口。这年头！只要贵族教育一个无意识的口号就可以把牛顿、达尔文、米尔顿、拜伦、华兹华斯、阿诺尔德、纽门、罗刹蒂、格兰士顿等等的母校一下抹煞。再说年来交通便利了，各式各种日新月异的教育原理教育新制翩翩地从各个方向的外洋飞到中华，哪还容得厨房老过四百年墙壁上爬满骚胡髭一类藤萝的老书院一起来上讲坛？

四

但另换一个方向看去，我们也见到少数有见地的人，再也看不过国内高等教育的混沌现象，想跳开了踩烂的道儿，回头另寻新路走去。向外望去，现成有牛津康桥青藤缭绕的学院朝着你微笑；回头望去，五老峰下飞泉声中白鹿洞一类的书院瞅着你惆怅。这浪漫的思乡病跟着现代教育丑化的程度在少数人的心中一天深似一天。这机械性买卖性的教育够腻烦了，我们说。我们也要几间满沿着爬山虎的高雪克屋子来安息我们的灵性，我们说。我们也要一个绝对闲暇的环境好容我们的心智自由地发展去，我们说。

林语堂先生在《现代评论》登过一篇文章谈他的教育理想。新近任叔永先生与他的夫人陈衡哲女士也发表了他们的教育理想。林先生的意思约莫记得是想仿效牛津一类学府；陈、任两位是要恢复书院制的精神。这两篇文章我认为是很重要的，尤其是陈、任两位的具体提议，但因为开倒车走回头路分明是不合时宜，他们几位的意思并不曾得到期望的回响。想来现在学者们太忙了，寻饭吃的，做官的，当革命领袖的，谁都不得闲，谁都不愿闲，结果当然没有人来关心什么纯粹教育（不含任何动机的学问）或是人格教育。这是个可憾的现象。

我自己也是深感这浪漫的思乡病的一个；我只要——

草青人远，

一流冷涧……

但我们这想望的境界有容我们达到的一天吗？

何容先生的戒烟

老 舍

首先要声明：这里所说的烟是香烟，不是鸦片。

从武汉到重庆，我老同何容先生在一间屋子里，一直到前年八月间。在武汉的时候，我们都吸"大前门"或"使馆牌"；"小大英"似乎都不够味儿。到了重庆，"小大英"似乎变了质，越来越"够"味儿了，"大前门"与"使馆牌"倒仿佛没了什么意思。慢慢的，"刀牌"与"哈德门"又变成我们的朋友，而与"小大英"，不管是谁主动吧，好像冷淡得日甚一日。不久，"刀牌"与"哈德门"又与我们发生了意见，差不多要绝交的样子。何容先生就决定戒烟！

在他戒烟之前，我已声明过："先上吊，后戒烟！"本来吗，"弃妇抛雏"地流亡在外，吃不敢进大三元，喝么也不过是清一色（黄酒贵，只好吃点白干），女友不敢去交，男友一律是穷光蛋，住是二人一室，睡是臭虫满床，再不吸两支香烟，还活着干吗呢？可是，一看何容先生戒烟，我到底受了感动，既觉自己无勇，又钦佩他的伟大；所以，他在屋里，我几乎不敢动手取烟，以免摇动他的坚决！

何容先生那天整睡了十六个钟头，一支烟没吸！醒来，已是黄昏，他便独自走出去。我没敢陪他出去，怕不留神递给他一支烟，破了戒！掌灯之后，他回来了，满面红光的，含着笑从口袋中掏出一包土产卷烟来。"你尝尝这个。"他客气地让我，"才一个铜板一支！有这个，似乎就不必戒烟了；没有必要！"把烟接过来，我没敢说什么，怕伤了他的尊严。面对面地，把烟燃上。我俩细细地欣赏。头一口就惊人，冒的是黄烟，我以为他误把爆竹买来了！烧了一会儿，还好，并没有爆炸，就放胆继续地吸。吸了不到四五口，我看见蚊子都争着往外边飞！我很高兴，既吸烟，又驱蚊，太可贵了！再吸几口之后，墙上又发现了臭虫，大概也要搬家。我更高兴了！吸到了半支，何容先生与我也跑出去了！他低声说："看样子，还得戒烟！"

何容先生二次戒烟，有半天之久。当天的下午，他买来了烟斗与烟叶。"几毛钱的烟叶，够吃三四天的，何必一定戒烟呢！"他说。吸了几天的烟斗，他发现了：（一）不便携带；（二）不用力，抽不到；用力，烟油射在舌头上；（三）费洋火；（四）须天天收拾，麻烦！有此四弊，他就戒了烟斗，而又吸上香烟了。"始作烟卷者，其无后乎？"他说。

最近两年来，何容先生不知戒了多少次烟了，而指头上始终是黄的。

烟卷

朱 湘

　　我吸烟是近四年来的事——从前我所进的学校里，是禁止烟酒的——不过我同烟卷发生关系，却是已经二十年了。那是说的烟卷盒中的画片，我在十岁左右的时候，便开始攒聚了。到如今还记得我当时对于那些画片的搜罗带着多么大的热情，正如我当时对于攒聚各色的手工纸、各国的邮票那样。有的是由家里的烟卷盒中取来的，恨不得大人一天能抽十盒烟才好；还有的是用制钱——当时还用制钱——去，跑去，杂货铺里买来的。儿童时代也自有儿童时代的欢喜与失望：单就搜集画片这一项来说，我还记得当时如有一天那烟盒中的画片要是与从前的重复了，并不是一张新的，至少有半天，我的情感是要梗滞着，不舒服，徒然地在心中希冀着改变那既成的事实。攒聚全了一套画片的时候，心里又是多么欢喜！那便是一个成人与他所恋爱的女子结了婚，一个在政界上钻营的人一旦得了肥缺，当时所体验到的鼓舞，也不能在程度上超越过去。

　　便是烟卷盒中的画片这一种小件的东西，从中都能窥得出社会上风气的转移。如今的画片，千篇一律的，是印着时装的女子，或是侠义小说中的情节；这一种的风气，在另一方面表现出来，便是肉欲小说与新侠义小说的风行，再在另一方面表现出来，便是跳舞馆像雨后春笋一般地竖立起来，未成年的幼者弃家弃业地去求侠客的记载不断地出现于报纸之上。在二十年前，也未尝没有西洋美女的照相画片——性，那原是古今中外一律的一种强有力的引诱；在十年以前，我自己还拿十岁时候所攒聚的西洋美女的照相画片里的一张剪出来，插在钱夹里。也未尝没有《水浒》上一百零八人的画片——《水浒》，它本来是一部文学价值极高、深入民心、程度又深的书籍，可以算是古代的白话文学中唯一能将男性充分发挥出来的长篇小说（我当时的失望啊，为了再也搜罗不到玉麒麟卢俊义这张画片的缘故！）——不过在二十年前，也同时有军舰的照相画片，英国各时代的名舰的画片，海陆军官的照相画片，世界上各地方出产的画片……这二十年以来，外国对于我国的态度无可异议地是改变了，期待改变成了藐视，理想上的希望改变成了实际上的取利；由画片这一小项来看，都可以明显地看见了。

当时我所攒聚的各种画片之内，有一种是我所最喜欢的，并不是为的它印刷精美，也不是为的它搜罗繁难。它是在每张之上画出来一句成语或一联的意义，而那些的绘画，或许是不自觉的，多少含有一些滑稽的意味。"若是功夫深，钝铁磨成针""爬得高，跌得重"，以及许多同类的成语，都寓庄于谐地在绘画中实体演现了出来，映入了一个上"修身"课、读古文的高小学生的视觉……当时还没有《儿童世界》《小朋友》，这一种的画片便成为我童年时代的《儿童世界》《小朋友》了。

画片，这不过是烟卷盒中的附属品，为了吸烟卷的家庭中那般儿童而预备的，在中国这个教育，尤其是儿童教育落伍的国家，一切含有教育意义的事物，当然都是应该欢迎、提倡的。不过就一般为吸烟而吸烟的人说来，画片可以说是视而不见的；所以在出售于外国的高低各种，出售于中国的一些烟盒、烟罐之内，画片这一项节目是蠲除去了。

烟卷的气味我是从小就闻惯了，嗅它的时候，我自然也是感觉到有一种香味，还有些时候，我撮拢了双掌，将烟气向嗅官招了来闻；至于吸烟，少年时代的我也未尝没有尝试过，但是并没有尝出了什么好处来，像吃甜味的糖、咸味的菜那样，所以便弃置了不去继续，并且在心里坚信着，大人的话是不错的，他们不是说了，烟卷虽是嗅着烟气算香，吸起来都是没有什么甜头，并且晕脑的么？

我正式第一次抽烟卷，是在二十六岁左右，在美国西部等船回国的时候；我正式第一次所抽的烟卷，是美国国内最通行的一种烟卷，"幸中"（Lucky Strike）。因为我在报纸、杂志之上时常看到这种烟卷的触目的广告，而我对于烟卷又完全是一个外行，当时为了等船期内的无聊，感觉到抽烟卷也算得一条便利的出路，于是我的"幸中"便落在这一种烟卷的身上。

船过日本的时候，也抽过日本的国产烟卷，小号的，用了日本的国产火柴，小匣的。

回国以后，服务于一个古旧狭窄的省会之内；那时正是"美丽牌"初兴的时候，我因为它含有一点甜味，或许烟叶是用甘草焙过的，我便抽它。也曾经断过烟，不过数日之后，发现口腔内部的软骨肉上起了一些水泡，大概是因为初由水料清洁的外国回来，漱口时用不惯霉菌充斥着的江水、井水的缘故，于是烟卷又照旧吸了起来，数日之后，那些口内的水泡居然无形中消失了；从此以后，抽烟卷便成为我的一种习惯了。医学所说的烟卷有毒的这一类话，报纸上所登载的某医生主张烟卷有益于人体以及某人用烟卷支持了多日的生存的那一类消息，我同样不介于怀……大家都抽烟卷，我为什么不？如其他是有毒的，那么，茶叶也是有毒的，而茶叶在中国原是一种民需，又是一种骚人墨客的清赏品，并且由中国销行到了全世界，好像烟草由热带流传遍了全世界那样。有人说，古代的饮料，中国幸亏有茶，西方幸亏有啤酒，不然，都去喝冷水，恐怕人种早已绝迹于地面了；这或许是一种快意之言，不过，事物都是有正面与反面的。烟，酒，据医学而言，都是有毒的，但是鸦片与白兰地，医生也拿来治病。一种物件我们不能说是有毒或无毒，只能说，适当、不适当的程度，在使用的时候。

抽烟卷正式成为我的一种习惯以后，我便由一天几支加到了一天几十支，并且，驱于好奇心，迫于环境，各种的烟卷我都抽到了，江苏菜一般的"佛及尼"与四川菜一般的"埃及"，舶来品与国货，小号与"Grandeur""Navy cut"与"Straight cut"，橡皮头与非橡皮头，带纸嘴的与不带纸嘴的，"大炮台"与"大英牌"，纸包与"听"与方铁盒。我并非一个为吸烟而吸烟的人——这一点我自认，当然是我所自觉惭愧的——我之所以吸烟，完全是开端于无聊，继续于习惯，好像我之所以生存那样。买烟卷的时候，我并不限定于哪一种；只是买得了不辣咽喉的烟卷的时候，我决不买辣咽喉的烟卷；这个若算是我对于烟卷之选择上的一种限定，也未尝不可。吸烟上的我的立场，正像我在幼年搜罗画片、采集邮票时的立场，又像一班人狎妓时的立场；道地的一句话，它便是一般人在生活享受上的立场。

我咀嚼生活，并不曾咀嚼出多少的滋味来，那么，我之不知烟味而做了一个吸烟的人，也多少可以自宽自解了。我只知道，优好的烟卷浓而不辣，恶劣的烟卷辣而不浓；至于普通的烟卷，则是相近而相忘的，除非到了那一时没得抽或是抽得太多支的时候。

橡皮头自然是方便的，不过我个人总嫌它是一种滑头，不能叼在唇皮之上，增加一种切肤的亲密的快感；即使有时要被那烟卷上的稻纸带下了一块唇皮，流出了少量的血来，我终究觉得那偶尔的牺牲还是值得的，我终究觉得"非橡皮头"还是比橡皮头好。

烟嘴这个问题，好像个人的生活这个问题、中国的出路这个问题一样，我也曾经慎重地考虑过。烟嘴与橡皮头，它们的创作是基于同一的理由。不过烟嘴在用了几天以后，气管中便会发生一种交通不便的现象，在这种关头上，烟油与烟气便并立于交战的地位，终于烟油越裹越多，烟气越来越少，烟嘴便失去烟嘴的功效了。原来是图清洁的，如今反而不洁了；吸烟原来是要吸入烟气到口中、喉内的，如今是双唇与双颊用了许多的力量，也不能吸到若干的烟气，一任那火神将烟卷无补于实际地燃烧成了白灰、黑灰。肃清烟嘴中的积滞，那是一种不讨欢喜的工作；虽说吸烟是为了有的是闲工夫，却很少有人愿意将他的闲工夫用在扫清烟嘴中的烟油这种工作之上。我宁可去直接地吸一支畅快的烟，取得我所想要取得的满足，即使熏黄了食指与中指的指尖。

有时候，道学气一发作，我也曾经发过狠去戒烟，但是，早晨醒来的时候，喉咙里总免不了要发痒、吐痰……我又发一个狠，忍住；到了吃完午饭以后，这时候是一饱解百忧，对于百事都是怀抱着一种一任其所之、于我并无妨害的态度，于是便记起来自己发狠来戒烟的这桩事情，于是便拍着肚皮地自笑起来，戒烟不戒烟，这也算不了怎么一回大事，肚子饱了，不必去考虑罢……啊，那一夜半天以后的第一口深吸！这或者便是道学气的好处，消极的。

还有时候，当然是手头十分窘急的时候，"省俭"这个布衣的、面貌清癯的神道教我不要抽烟，他又说，这一层就算办不到，至少是要限定每天吸用的支数。于是我便用了一只空罐装好今天所要吸的支数；这样实行了几天，或是一天，又发生了一种阻折，大半是作诗，使得我背叛了神旨，在晚间的空罐内五支五支地再加进去烟卷。我，以及一般人，真是愚蠢得不可救药，宁可享受在一次之内疯狂地去吞咽了，在事后去受苦、自责，决不肯，决不能算术地将它分配开来，长久地去享用！

烟卷，我说过了，我是与它相近而相忘的；倒是与烟卷有连带关系的项目，有些我是觉得津津有味，时常来取出它们于"回忆"的池水，拿来仔细品尝的。这或许是幼时好搜罗画片的那种童性的遗留。也许，在这个世界上，事物的本身原来是没有什么滋味，它们的滋味全在附带的枝节之上罢。

烟罐的装潢，据我个人的嗜好而言，是"加利克"最好。或许是因为我是一个有些好"发思古之幽情"的文人，所以那种以一个蜚声于英国古代的伶人作牌号的烟卷，烟罐上印有他的像，又引有一个英国古代的文人赞美烟草的话，最博得我的欢心。正如一朵花，由美人的手中递与了我们，拿着它的时候，我们在花的美丽上又增加了美丽的联想。

广告，烟卷业在这上面所耗去的金钱真正不少。实际说来，将这笔巨大的广告费转用在烟卷的实质的增丰之上，岂不使得购买烟卷的人更受实惠么？像一些反对一切广告的人那样，我从前对于烟卷的广告，也曾经这样想过。如今知道了，不然。人类的感觉，思想是最囿于自我、最漠于外界的……所以自从天地开辟以来，自从创世以来，苹果尽管由树上落到地上，要到牛顿，他才悟出来此中的道理；没有一根拦头的棒，实体的或是抽象的，来击上他的肉体，人是不会在感觉、思想之上有什么反应的。没有鲜明刺目的广告，人们便引不起对于一种货品的注意。广告并不仅仅只限于货品之上，求爱者的修饰、衣着便是求爱者的广告，政治家的宣言便是政治家的广告，甚至于每个人的言语、行为，它们也便是每个人的广告。广告既然是一种基于人性的需要，那么，充分地去发展它，即使消费大量的金钱，那也是不能算作浪费的。

广告还有一种功用，增加愉快的联想。"幸中"这种烟卷在广告方面采用了一种特殊的策略；在每期的杂志上，它的广告总是一帧名伶、名歌者的彩色的像，下面印有这最要保养咽喉的人的一封证明这种烟并不伤害咽喉的信件，页底印着，最重要的一层，这名伶、名歌者的亲笔签名。或许这个签字是公司方面用金钱买来的（这种烟也无异于他种的烟，受恳的人并不至于受良心上的责备）。购买这种烟卷的人呢，我们也不能说他们是受了愚弄，因为这种烟卷的售价并没有因了这一场的广告而增高——进一步说，宗教，爱国，如其益处撇开了不提，我们也未尝不能说它们是愚弄。这一场的广告，当然增加了这种烟卷的销路，同时，也给予了购买者以一种愉快的联想；本来是一种平凡的烟卷，而购吸者却能泛起来一种幻想，那位名伶、名歌者也同时在吸用着它。又有一种广告，上面画着一个酷似"它的女子"Clara Bow 的半身女像，撮拢了她血红的双唇，唇显得很厚，口显得很圆，她又高昂起她的下巴，低垂着她的眼睑，一双瞳子向下望着；这幅富于暗示与联想的广告，我们简直可以说是不亚于魏尔伦（Verlaine）的一首漂亮的小诗了。

抽烟卷也可以说是我命中所注定了的，因为由十岁起，我便看惯了它的一种变相的广告——画片。

烟赋

汪曾祺

中国人抽烟，大概开始于明朝，是从外国传入的。从前的中国书里称烟草为淡巴菰，是 TOBACCO 的译音。我年轻时，上海人还把雪茄叫作"吕宋"。吸烟成风，盖在清代。现存的几种烟草谱，都是清人的著作。纪晓岚就是"嗜食淡巴菰"的。我的高中国文教师史先生说，纪晓岚总纂《四库全书》时，叫人把书页平摊在一个长案上，他一边吸烟，一边校读，围着长案走一圈，一篇《〈四库全书〉总目提要》就出来了。这可能是传闻，但乾隆年间，抽烟的人已经颇多，是可以肯定的。

小说《异秉》里的张汉轩说，烟有五种：水、旱、鼻、雅、潮。雅（鸦片）不是烟草所制，潮州烟其实也是旱烟之一种，中国人以前抽的烟只有旱烟、水烟两大类。旱烟，南方多切成丝，北方则是揉碎了，都是用烟袋，摁在烟锅里抽的。北方人把烟叶都称为关东烟。关东烟里的上品是蛟河烟，这是贡品，据说西太后抽的即是蛟河烟。真正的蛟河烟只产在那么一两亩地里。我在吉林抽过真蛟河烟，名不虚传！其次则"亚布力"也还可以，这是从苏联引进的品种。河北省过去种"易县小叶”。旱烟袋，讲究白铜锅、乌木杆、翡翠嘴。烟袋有极长的。南方老太太用的烟袋，银嘴五寸，乌木杆长至八尺，抽烟时得由别人点火，自己是够不着的。有极短的，可以插在靴子里，称为“京八寸”。这种烟袋亦称骚胡子烟袋，说是公公抽烟，叫儿媳妇点火，瞅着没人看见，可以乘机摸一下儿媳妇的手。潮州烟的烟袋是竹根做的，在一头挖一窟窿，嵌一小铜胎，以装烟，不另安锅。我一九五〇年在江西土改，那里的农民抽的就是那种烟，谓之“吃黄烟”。山西、内蒙人用羊腿骨做烟袋。抽这种烟得点一盏烟灯，因为一次只装很小的一撮烟，抽一口就把烟在吹掉，叫作“一口香”，要不停地点火。云、贵、川抽叶子烟，烟叶剪成二寸许长，裹成小指粗细的烟支，可以说是自制小雪茄，但多数是插在烟锅里抽，也可算是旱烟类。我在鄂温克族地区抽过达斡尔人用香蒿籽窨制的烟，一层烟叶，一层香蒿子，阴干，烟味极佳，是用纸卷了抽的。广东的“生切”，也是用纸卷了抽的，新疆的“莫合烟”，即苏联翻译小说里常常见到的“马霍烟”，也是用纸卷了抽的。莫合烟是用烟梗磨碎制成的，不用烟叶。抽水烟应该是最卫生的，烟从水里滤过，有害物质减少了。但抽水烟很麻烦，每天涮水烟袋就很费事。水烟袋要保持洁净，抽起来才香。我有个远房舅舅，到人家作客，都由他的车夫一次带了五支水烟袋去，换着抽。此人真是个会享福的人！水烟的烟丝极细，叫作“皮丝”，出在甘肃的兰州和福建的福州，一在西北，一在东南，制法质量却极相似，奇怪！云南人抽水烟筒，那得会抽，否则嘬不出烟来。若论过瘾，应当首推水烟筒，旱烟、水烟，吸时都要在口腔内打一回旋，烟筒的烟则是直灌入肺，毫无缓冲。

卷烟，或称纸烟，北京人叫作烟卷儿，上海一带人叫作香烟。也有少数地方叫作洋烟的。早年的东北评剧《雷雨》里四凤夸赞周萍的唱词道："穿西服，抽洋烟，梳的本是那个偏分。"可以为证。大概在东北人眼中这些都是很时髦的。东北是"十八岁的大姑娘叼着大烟袋"的地方，卷烟曾经是稀罕的东西。现在卷烟已经通行全国。抽旱烟的大都是上了年纪的人，但现在相对地减少了。抽水烟的就更少了，白铜镂花的水烟袋已经成为古玩，年轻人都不知道这玩意是干什么用的了。说卷烟是洋烟，是有道理的，因为本是从外国（主要是英国）输入的。上海一带流行的上等烟茄立克、白炮台、555……销行最广的中等烟红锡包（北方叫小粉包）、老刀牌（北方叫强盗牌）都是英国货。世界上的卷烟原分两大系。一类是海洋型，英国烟为其代表。英国烟的烟丝很细，有些烟如白炮台的烟盒上标明是 NAVY CUT，大概和海军有点关系。一类是大陆型，典型的代表是埃及烟、法国烟、苏联的白海牌（东北人叫它"大白杆"），以及阿尔巴尼亚等烟属之。抽大陆型烟的人数不多，现在卷烟分为两大派系，一类是烤烟型，即英国烟型；一类是混合型，是一半海洋型、一半大陆型烟丝的混合，美国烟大都是混合型。英国型的烟丝金黄，比较柔和，有烟草的自然的醇香，比较为中国人所喜欢。

后来外商和华侨在中国设厂制烟，比较重要的是英美烟草有限公司和南洋兄弟烟草公司。大前门为南洋兄弟烟草公司所出，美丽牌好像就是英美烟草公司出的。也有较小的厂出烟，大联珠、紫金山……大概是本国的烟厂所出。

我到昆明后抽过很多杂牌的烟。有一种烟叫仙岛牌，不记得是什么地方出的，烟味极好，是英国烤烟型，价钱也不贵。后来就再不见了，可能是因为日本兵占领了越南，滇越铁路中断，没有来源了。有一种烟，叫"白姑娘"，硬盒扁支的，烟味很冲，有一种从湖南来的烟，抽起来有牙粉味。最便宜的烟是鹦鹉牌，十支装，呛得不行，不知是什么树叶或草做的，肯定的不是烟叶！

从陈纳德的飞虎队至美国空军到昆明后，昆明市面上到处是美国烟。多是从美国军用物资仓库中流出的。骆驼牌、老金、LUCKY STRIKE、CHESTERFIELD、PHILIPMORRIS……一时抽美国烟的人很多，因为并不太贵。

云南烟业的兴起盖在四十年代初。该省的农业专家和实业家，经过研究，认为云南土壤、气候适于种烟，于是引进美国弗吉尼亚的大金叶，试种成功。随即建厂生产卷烟。所出的牌子有两种：重九和七七。重九当时算是高档烟，这个牌沿用至今。七七是中档烟，后来不出产了。

五十年代后，云南制烟业得到很大发展，云南烟的质量得到全国公认，把许多省市的卷烟都甩到后面去了。云南卷烟的三大名牌：云烟牌、红山茶、红塔山。最近几年，红塔山的声誉日隆，俨然夺得云南名烟的首席。说是已经是国产烟的第一，也不为过分。时间并不长，为什么会发生这样的变化？

借中华文学基金会、中国作协创联部和《中国作家》联合举办"红塔山笔会"的机缘，我们到玉溪卷烟厂作了几天客，饱抽"红塔山"，解开了这个谜。

对于抽烟，我可以说是个内行。

打开烟盒，抽出一支，用手指摸一摸，即可知道工艺水平如何。要松紧合度，既不是紧得吸不动，也不是松得蹾一蹾就空了半截。没有挺硬的烟梗，抽起来不会"放炮"，溅出火星，烧破衣裤。

放在鼻子底下闻一闻，就知道是什么香型。若是烤烟型，即应有微甜略酸的自然烟香。

最重要的当然是入口、经喉、进肺的感觉。抽烟，一要过瘾，二要绵软。这本来是一对矛盾，但是配方得当，却可以兼顾。如果在对卷烟加以评品，我于"红塔山"得一字，曰："醇"。

这是好烟。

红塔山得天时、地利、人和。

玉溪的经纬度和美国的弗吉尼亚相似，土质也相似，适宜烟叶生产。玉溪的日照时间比弗吉尼亚要略长一点，因此烟叶质量有可能超过弗吉尼亚。玉溪地处滇中，气候温和，夏无酷暑，冬无严寒，雨量充足。空气的湿度天然利于烟叶的存放，不需要另作干湿调节的设施。更重要的是，玉溪卷烟有一个以厂长褚时健为核心的志同道合、协调一致、互相默契的领导班子。

褚厂长是个人物，面色深黑，双目有神，年过六十，精力充沛，说话是男中音，底气很足。他接受采访时从从容容，有条有理，语言表达得准确、清楚、简练而又不是背稿子。他谈话时不带一张纸，不需要秘书在旁提供材料。他说话无拘束，谈的虽是实际问题，却具幽默感，偶出笑声。从谈吐中让人感到这是个很自信而又随时思索着的人，一个有见识、有魄力、有性格的硬汉子，一个杰出的人。我一向不大承认什么"企业家"，以为企业管理只是"形而下"的东西。自识褚时健，觉得在我身边侃侃而谈的这个人，确实是一位企业家，因为他有那么一套学问，他掌握了企业管理中的某种规律，某种带有哲理性的东西。

褚时健在未到玉溪卷烟厂之前，搞过一些规模较小的企业，在长期实践中他认识了一条最最朴素的真理：还是要重视物质，重视生产力。他不为"左"的政治经济气候所摇撼，不相信神话。

到了玉溪卷烟厂，他不停地思索着的是如何把红塔山的质量搞上去、保持住，使企业不停地发展。

质量，是企业的生命。

我和褚厂长有过两短暂的接触，未能窥见他的"学问"，但是我觉得他抓到了"玉烟"管理的一个支点：质量。

为什么红塔山能够力挫群雄，扶摇直上？首先，红塔山有质量上好的烟叶。有一个美国烟草专家参观了云南烟业，说再不抓烟叶生产，云烟质量很难保持。这句话给褚厂长很大启发。他决定，首先抓烟叶。玉溪卷烟厂的第一车间，不在厂里，在厂外，在田间。玉烟给烟农很大帮助，从奖金到化肥、农药。但是有一个条件：你得给我好烟叶。最初厂里有人想不通，我们和农民是买卖关系，怎么能在他们身上下这样大的本？现在大家都认识到了，这是具有战略意义的一步棋。许多曾经显赫一时的名牌烟，质量下来了，很重要的一个原因，是烟叶质量没有保证。

当年生产的烟叶，不能当年就用，得存放一个时期，这样杂质异味才会挥发掉。据闻英国的名牌烟的烟叶都要存放三年。二次世界大战，存烟用尽，质量也就不如以前了。玉溪烟厂烟叶都要存放二年至二年半。就象中药店配制丸散一样："修含虽无人见，存心自有天知"的事。这个"天"就是抽烟的人。烟叶存放了多久，抽烟的人是看不到的，但是抽得出来。他们不知其所以然，但是知其然，能分辨出烟的好坏。

玉溪烟厂的主要设备都是进口的。有人说：国产设备和进口的差不多，要便宜得多，为什么要花那样大价钱搞进口的？褚时健笑答：过几年你们就知道了。从卷烟质量看，进口设备，是划得来的。

我因为在红塔下崴了脚，没有能去参观车间，据参观过的作家说："真是壮观！"

对烟的评价是最具群众性的，最公平的。卷烟不能像酒一样搞评比，我们国家是不允许卷烟作广告的。现在既不能像过去的美丽牌在《申报》和《新闻报》上作整幅的广告："有美皆备，无丽弗臻"，也不能像克莱文·A一样借助梅兰芳的声誉，宣传这种烟对嗓音无害。卷烟的声誉，全靠质量，靠"烟民"的口啤。北京人有言："人叫人千声不语，货叫人点手就来。"这是假不得的。桃李不言，下自成蹊，红塔山之赢得声誉，岂虚然哉！

玉溪卷烟厂每年给国家创利税三四十个亿，这是个吓人一跳的数字。

厂里请作家题字留念，我写了副对联：

技也进乎道

名者实之宾

我十八岁开始抽烟，今年七十一岁，抽了五十多年，从来没有戒过，可谓老烟民矣。到了玉溪烟厂，坚定了一个信念，决不戒烟。吸烟是有害的。有人甚至说吸一支烟，少活五分钟，不去管它了！写了一首五言诗：

　　玉溪好风日，
　　兹土偏宜烟。
　　宁减十年寿，
　　不忘红塔山。

诗是打油诗，话却是真话，在家人也不打诳语。

玉溪卷烟厂的礼堂里，在一块很大的红天鹅绒上缀了两行铜字：

　　天下有玉烟
　　天外还有天

据褚厂长说，这是从工人的文章里摘出来的，可以说是从群众中来的了。这是全厂职工的座右铭。这表现了全体职工的自豪感，也表现了他们的高瞻远瞩的胸襟。愿玉溪卷烟厂鹏程万里！

一九九一年五月二十一日，北京

第二辑

酒

谈酒

周作人

这个年头儿，喝酒倒是很有意思的。我虽是京兆人，却生长在东南的海边，是出产酒的有名地方。我的舅父和姑父家里时常做几缸自用的酒，但我终于不知道酒是怎么做法，只觉得所用的大约是糯米，因为儿歌里说，"老酒糯米做，吃得变 nio-nio"——末一字是本地叫猪的俗语。做酒的方法与器具似乎都很简单，只有煮的时候的手法极不容易，非有经验的工人不办，平常做酒的人家大抵聘请一个人来，俗称"酒头工"，以自己不能喝酒者为最上，叫他专管鉴定煮酒的时节。有一个远房亲戚，我们叫他"七斤公公"——他是我舅父的族叔，但是在他家里做短工，所以舅母只叫他作"七斤老"，有时也听见她叫"老七斤"，是这样的酒头工，每年去帮人家做酒；他喜吸旱烟，说玩话，打马将，但是不大喝酒（海边的人喝一两碗是不算能喝，照市价计算也不值十文钱的酒），所以生意很好，时常跑一二百里路被招到诸暨嵊县去。据他说这实在并不难，只须走到缸边屈着身听，听见里边起泡的声音切切察察的，好像是螃蟹吐沫（儿童称为蟹煮饭）的样子，便拿来煮就得了；早一点酒还未成，迟一点就变酸了。但是怎么是恰好的时期，别人仍不能知道，只有听熟的耳朵才能够断定，正如骨董家的眼睛辨别古物一样。

大人家饮酒多用酒盅，以表示其斯文，实在是不对的。正当的喝法是用一种酒碗，浅而大，底有高足，可以说是古已有之的香宾杯。平常起码总是两碗，合一"串筒"，价值似是六文一碗。串筒略如倒写的凸字，上下部如一与三之比，以洋铁为之，无盖无嘴，可倒而不可筛，据好酒家说酒以倒为正宗，筛出来的不大好吃。唯酒保好于量酒之前先"荡"（置水于器内，摇荡而洗涤之谓）串筒，荡后往往将清水之一部分留在筒内，客嫌酒淡，常起争执，故喝酒老手必先戒堂倌以勿荡串筒，并监视其量好放在温酒架上。能饮者多索竹叶青，通称曰"本色"，"元红"系状元红之略，则着色者，唯外行人喜饮之。在外省有所谓花雕者，唯本地酒店中却没有这样东西。相传昔时人家生女，则酿酒贮花雕（一种有花纹的酒坛）中，至女儿出嫁时用以饷客，但此风今已不存，嫁女时偶用花雕，也只临时买元红充数，饮者不以为珍品。有些喝酒的人预备家酿，却有极好的，每年做醇酒若干坛，按次第埋园中，二十年后掘取，即每岁皆得饮二十年陈的老酒了。此种陈酒例不发售，故无处可买，我只有一回在旧日业师家里喝过这样好酒，至今还不曾忘记。

我既是酒乡的一个土著，又这样的喜欢谈酒，好像一定个与"三酉"结不解缘的酒徒了。其实却大不然。我的父亲是很能喝酒的，我不知道他可以喝多少，只记得他每晚用花生米、水果等下酒，且喝且谈天，至少要花费两点钟，恐怕所喝的酒一定很不少了。但我却是不肖，不，或者可以说有志未逮，因为我很喜欢喝酒而不会喝，所以每逢酒宴我总是第一个醉与脸红的。自从辛酉患病后，医生叫我喝酒以代药饵，定量是勃阑地每回二十格阑姆，蒲陶酒与老酒等倍之，六年以后酒量一点没有进步，到现在只要喝下一百格阑姆的花雕，便立刻变成关夫子了。（以前大家笑谈称作"赤化"，此刻自然应当谨慎，虽然是说笑话。）有些有不醉之量的，愈饮愈是脸白的朋友，我觉得非常可以欣羡，只可惜他们愈能喝酒便愈不肯喝酒，好像是美人之不肯显示她的颜色，这实在是太不应该了。

黄酒比较的便宜一点，所以觉得时常可以买喝，其实别的酒也未尝不好。白干于我未免过凶一点，我喝了常怕口腔内要起泡，山西的汾酒与北京的莲花白虽然可喝少许，也总觉得不很和善。日本的清酒我颇喜欢，只是仿佛新酒模样，味道不很静定。蒲陶酒与橙皮酒都很可口，但我以为最好的还是勃阑地。我觉得西洋人不很能够了解茶的趣味，至于酒则很有功夫，决不下于中国。天天喝洋酒当然是一个大的漏卮，正如吸烟卷一般，但不必一定进国货党，咬定牙根要抽净丝，随便喝一点什么酒其实都是无所不可的，至少是我个人这样的想。

喝酒的趣味在什么地方？这个我恐怕有点说不明白。有人说，酒的乐趣是在醉后的陶然的境界。但我不很了解这个境界是怎样的，因为我自饮酒以来似乎不大陶然过，不知怎的我的醉大抵都只是生理的，而不是精神的陶醉。所以照我说来，酒的趣味只是在饮的时候，我想悦乐大抵在做的这一刹那，倘若说是陶然，那也当是杯在口的一刻罢。醉了，困倦了，或者应当休息一会儿，也是很安舒的，却未必能说酒的真趣是在此间。昏迷，梦魇，呓语，或是忘却现世忧患之一法门；其实这也是有限的，倒还不如把宇宙性命都投在一口美酒里的耽溺之力还要强大。我喝着酒，一面也怀着"杞天之虑"，生恐强硬的礼教反动之后将引起颓废的风气，结果是借醇酒妇人以避礼教的迫害，沙宁（Sanin）时代的出现不是不可能的。但是，或者在中国什么运动都未必彻底成功，青年的反拨力也未必怎么强盛，那么杞天终于只是杞天，仍旧能够让我们喝一口非耽溺的酒也未可知。倘若如此，那时喝酒又一定另外觉得很有意思了罢？

醉

巴 金

我不会喝酒，但我有时也尝到醉的滋味。醉的时候我每每忘记自己。然而醉和梦毕竟是不同的。我常常做着荒唐的梦。这些梦跟现实离得很远，把梦景和现实的世界连接起来就只靠我那个信仰。所以在梦里我没有做过跟我的信仰违背的事情。

我从前说我只有在梦中得到安宁，这句话并不对。真正使我的心安宁的还是醉。进到了醉的世界，一切个人的打算、生活里的矛盾和烦忧都消失了，消失在众人的"事业"里。这个"事业"变成了一个具体的东西，或者就像一块吸铁石把许多颗心都紧紧吸到它身边去。在这时候个人的感情完全溶化在众人的感情里面。甚至轮到个人去牺牲自己的时候他也不会觉得孤独。他所看见的只是群体的生存，而不是个人的灭亡。

将个人的感情消溶在大众的感情里，将个人的苦乐联系在群体的苦乐上，这就是我的所谓"醉"。自然这所谓群体的范围有大有小，但"事业"则是一个。

我至今还记得我第一次的沉醉。那已经是十七八年前的事了，然而在我的脑子里还是十分鲜明。那时我是个孩子。我参加一个团体的集会。我从来没有像那样地感动过。谈笑，友谊，热诚，信任……从不曾表现得这么美丽。我曾经借了第三者的口吻叙述我当时的心情：这次十几个青年的茶会简直是一个友爱的家庭的聚会。但这个家庭里的人并不是因血统关系、家产关系而联系在一起的；结合他们的是同一的好心和同一的理想。在这个环境里他只感到心与心的接触，都是赤诚的心，完全脱离了利害关系的束缚。他觉得在这里他不是一个陌生的人、孤独的人。他爱着周围的人，也为他周围的人所爱。他了解他们，他们也了解他。他信任他们，他们也信任他。……

　　这是醉。第一次的沉醉以后又继之以第二次、第三次……这醉给了我勇气，给了我希望，使我一个幼稚的孩子可以站起来向旧礼教挑战，使我坚决地相信光明，信任未来。不仅是我，我们那个时代的青年都是这样地成长的。而且我相信每个时代的青年都会在这种沉醉中饮到鼓舞的琼浆。

　　时间是骎骎地驰过去了。醉的次数也渐渐地多起来。每一次的沉醉都在我的心上留下一点痕迹。有一两次我也走过那黑门，我的手还在门上停了一下。但是我们并没有机会得到那痛快的壮烈的最后。这是事实。一个人沉醉的时候，他会去干一些勇敢的事情，至少他会有这样的渴望。我们那时也就处在这样的境地。南国的芳香沁入我们的心灵，火把给我们照亮黑暗的窄巷。一堵墙、一扇门关不住我们的心。一个广场容纳不了我们的热情。或者一二十个孩子聚在一个小房间里，大家拥挤地坐在地上；或者四五个人走着泥泞的乡间道路。静夜里，石板路上响着我们的脚步声。在温暖的白昼，清脆的笑语又充满了古庙。没有寂寞，没有苦闷，没有悲哀。有的只是一个光明的希望。每个人的胸膛里都有着同样的一颗心。

这是无上的"沉醉"，这是莫大的"狂喜"，它使我们每个人"都消失在完全的忘我里面"。所以我们也曾夸大地立下誓言：要用我们的血来灌溉人类的幸福，用我们的死来使人类繁荣。要把我们的生命联系在人类的生命上面。人类生命的连续广延永远不会中断，没有一种阻力可以毁坏它。我们所看见的只有人类的繁昌，并没有个人的死亡。

我不能否认我们的狂妄，但是我应该承认我们的真挚。我们中间也有少数人实行了他们的约言。剩下的多数却让严肃的工作消蚀他们的生命。拿起笔的只有我一个。我不甘心就看着我的精力被一些方块字消磨干净，所以我责备自己是一个弱者。但是这个意思也很明显：这里并没有悲观，也没有绝望。若有人因此说我"在黑暗中哭泣"，那是他自己看错了文章。我们从没有过哭泣的时候。那不是我们的事情。甚至跟一个亲密的朋友死别，我们也只有暗暗地吞几滴眼泪。我们自然不能否认黑暗的存在。然而即使在黑暗的夜里，我们也看见在远方闪耀的不灭的光明，那是"醉"给我们带来的。

我常常用我自己的事情做例子，也许别人会把这篇《醉》看作我的自白。其实《死》和《梦》都不是我的自白，《醉》也不是。我可以举出另一些例子。我手边恰恰有几封信，我现在从里面引出几段，我让那些比我更年轻的人向读者说话：

那天夜里，正是我异常兴奋的一天。在学校里我们开了一个野火会。天空非常地黑沉，人们的影子在操场上移动着，呼喊着。它的声波冲破这沉寂的天空！

一堆烈火盛燃起来了。那光亮的红舌头照亮了每个人的脸，我们围绕着火堆唱歌。我们唱《自由神》《示威》等等，这个兴奋的会一直到火熄灭了为止。

这不也是"醉"么？

在十二月××日，一个温暖的北方天气，阳光是那么明亮，又那么温暖，在这天我们学生跑到××（一个小乡村）去举行扩大行军。这项新鲜而又兴奋的工作弄得我一夜都没有睡好。

大概八点钟吧。我们起程了，空着肚子，悄悄地离开了学校。我们经过了热闹的街市，吵嚷的人群，快到十点的时候才踏进乡村的境界。

一条黄土道，向来是静寂得怕人，今天却有些改变了。一群学生穿着蓝布衫，白帆布球鞋，脸上露出神秘而又兴奋的微笑，拖着大步踏着这条黄土道。"一——二——一"不知道是谁这样喊着，我们下意识地跑起来。

到那里已是晌午了。我们群集在一个墓地里，后面是一带大树林，前面有几间小茅屋。农夫们停止了工作都出来看望。啊，是那么活跃着的一群青年！行军的号筒响了，雄壮的声音提起了每个人的勇气。我们真的像上了战场一样。

　　战斗的演习继续到三点钟才完毕。因为环境不允许，我们的座谈会没有举行，就整队回校了。一路上唱着歌喊着热烈的口号。

　　这是"醉"，令人永不能忘记的"沉醉"。它把无数青年的心连结在一起了。还有：

　　的确我不会是寂寞，我不会是孤独。我们永久是热情的，那么多被愤怒的火焰狂炽着的心永久会紧紧连系在一起的。啊，我想起了一件事情。我真不能够忘记。就是在去年下半年我们从先生的口中和报纸上知道了北平学生运动的经过情形，而激起了我们的请愿的动机。那时在深夜里我们悄悄地计划着，我们紧紧地携着手，在黑暗中祝福第二天背着校方的请愿成功。我们一点也不怕的在微弱的电筒光下写着旗子和施行的步骤。我们一夜没有睡。当天将亮的时候，我和另一个同学轻轻的在每一个寝室的玻璃窗上敲了两下，于是同学们都起来了。我们整齐了队伍，在微雨的早晨走出了校门。在出发的时候，我因为走得太忙，跌了一个斤斗，一个高一班的同学拉了我起来，我们无言地亲密地对笑着。一群孩子如一条粗长的铁链冲出了学校。虽然最后我们失败了，但那粗长的铁链使我们相信了我们自己。我们怎会寂寞，怎会孤独呢？

这是年轻的中国的呼声。我们的青年就这样地慢慢成长了。——那个"孩子"说得不错，在这样的沉醉中他们是不会感到寂寞和孤独的。让我在这里祝福他们。

一九三七年五月在上海

微醉之后

石评梅

几次轻掠飘浮过的思绪，都浸在晶莹的泪光中了。何尝不是冷艳的故事，凄哀的悲剧，但是，不幸我是心海中沉沦的溺者，不能有机会看见雪浪和海鸥一瞥中的痕迹。因此心波起伏间，卷埋隐没了的，岂止朋友们认为遗憾；就是自己，永远徘徊寻觅我遗失了的，何尝不感到过去飞逝的云影，宛如彗星一扫的壮丽。

允许我吧！我的命运之神！我愿意捕捉那一波一浪中汹涌浮映出过去的幻梦。固然我不敢奢望有人能领会这断弦哀音，但是我尚有爱怜我的母亲，她自然可以为我滴几点同情之泪吧！朋友们，这是由我破碎心幕底透露出的消息。假使你们还挂念着我。这就是我遗赠你们的礼物。

丁香花开时候，我由远道归来。一个春雨后的黄昏，我去看晶清。推开门时她在碧绸的薄被里蒙着头睡觉，我心猜想她一定是病了。不忍惊醒她，悄悄站在床前；无意中拿起枕畔一本蓝皮书，翻开时从里面落下半幅素笺，上边写着：

波微已经走了，她去哪里我是知道而且很放心，不过在这样繁华如碎锦似的春之画里，难免她不为了死的天辛而伤心，为了她自己惨淡悲凄的命运而流泪！

想到她我心就怦怦的跃动，似乎纱窗外啁啾的小鸟都是在报告不幸的消息而来。我因此病了，梦中几次看见她，似乎她已由悲苦的心海中踏上那雪银的浪花，翩跹着披了一幅白云的轻纱；后来暴风巨浪袭来，她被海波卷没了，只有那一幅白云般的轻纱飘浮在海面上，一霎时那白纱也不知流到哪里去了。

固然人要笑我痴呆，但是她呢，确乎不如一般聪明人那样理智，从前她是个杀人不眨眼的英雄，如今被天辛的如水柔情，已变成多愁多感的人了。这几天凄风苦雨令我想到她，但音信却偏这般渺茫……

读完后心头觉着凄梗，一种感激的心情，使我终于流泪！但这又何尝不是罪恶，人生在这大海中不过小小的一个泡沫，谁也不值得可怜谁，谁也不值得骄傲谁，天辛走了，不过是时间的早迟，生命上使我多流几点泪痕而已。为什么世间偏有这许多绳子，而且是互相连系着！

她已睁开半开的眼醒来，宛如晨曦照着时梦耶真耶莫辨的情形，瞪视良久，她不说一句话，我抬起头来，握住她手说：

"晶清，我回来了，但你为什么病着？"

她珠泪盈睫，我不忍再看她，把头转过去，望着窗外柳丝上挂着的斜阳而默想。后来我扶她起来，同到栉沐室去梳洗，我要她挣扎起来伴我去喝酒。信步走到游廊，柳丝中露出三年前月夜徘徊的葡萄架，那里有芗蘅的箫声，有云妹的倩影，明显映在心上的，是天辛由欧洲归来初次看我的情形。那时我是碧茵草地上活泼跳跃的白兔，天真骄憨的面庞上，泛映着幸福的微笑！三年之后，我依然徘徊在这里，纵然浓绿花香的图画里，使我感到的比废墟野冢还要凄悲！上帝呵！这时候我确乎认识了我自己。

韵妹由课堂下来，她拉我又回到寝室，晶清已梳洗完正在窗前换衣服，她说：

"波微！你不是要去喝酒吗？萍适才打电话来，他给你已预备下接风宴，去吧！对酒当歌，人生几何，去吧，趁着丁香花开时候。"

风在窗外怒吼着，似乎有万骑踏过沙场，全数冲杀的雄壮；又似乎海边孤舟，随狂飘扎挣呼号的声音，一声声的哀惨。但是我一切都不管，高擎着玉杯，里边满斟着红滟滟的美酒，她正在诱惑我，像一个绯衣美女轻掠过骑上马前的心情一样的诱惑我。我愿永久这样陶醉，不要有醒的时候，把我一切烦恼都装在这小小杯里，让它随着那甘甜的玫瑰露流到我那创伤的心里。

在这盛筵上我想到和天辛的许多聚会畅饮。

晶清挽着袖子，站着给我斟酒；萍呢，他确乎很聪明，常常望着晶清，暗示她不要再给我斟，但是已晚了，饭还未吃我就晕在沙发上了。

我并没有痛哭，依然晕厥过去有一点多钟之久。醒来时晶清扶着我，我不能再忍了，伏在她手腕上哭了！这时候屋里充满了悲哀，萍和琼都很难受地站在桌边望着我。这是天辛死后我第六次的昏厥,我依然和昔日一样能在梦境中醒来。

灯光辉煌下,每人的脸上都泛映着红霞,眼里莹莹转动的都是泪珠,玉杯里还有半盏残酒,桌上狼藉的杯盘,似乎告诉我这便是盛筵散后的收获。

大家望着我都不知应说什么?我微抬起眼帘,向萍说:

"原谅我,微醉之后。"

醉后

庐 隐

——最是恼人拼酒，欲浇愁偏惹愁！回看血泪相和流——

我是世界上最怯弱的一个，我虽然硬着头皮说"我的泪泉干了，再不愿向人间流一滴半滴眼泪"，因此我曾博得"英雄"的称许，在那强振作的当儿，何尝不是气概轩昂……

北京城重到了，黄褐色的飞尘下，掩抑着琥珀墙，琉璃瓦的房屋，疲骡瘦马，拉着笨重的煤车，一步一颠的在那坑陷不平的土道上，努力地走着；似曾相识的人们，坐着人力车，风驰电掣般跑过去了……一切不曾改观。可是疲惫的归燕呵，在那堆浪涌波掀的灵海里，都觉到十三分的凄惶呢！

车子走过顺城根，看见三四匹矮驴，摇动着它们项下琅琅的金铃，傲然向我冷笑，似笑我转战多年的败军，还鼓得起从前的兴致吗……

正是一个旖旎美妙的春天，学校里放了三天春假，我和涵、盐、琪四个人，披着残月孤星，和迷蒙的晨雾奔顺城根来。雇好矮驴，跨上驴背，轻扬竹鞭，得得声紧，西山的路上骤见热闹。这时道旁笼烟含雾的垂柳枝，从我们的头上拂过，娇鸟轻啭歌喉，朝阳美意酣畅，驴儿们驮着这欣悦的青春主人，奔那如花如梦的前程，是何等的兴高采烈……而今怎堪回首！归来的疲燕，裹着满身漂泊的悲哀；无情的瘦驴！请你不要逼视吧！

强抑灵波，防它捣碎了灵海，及至到了旧游的故地，惝淡白墙，陈迹依稀可寻，但沧桑几经的归客，不免被这荆棘般的陈迹，刺破那不曾复元的旧伤，强将泪液咽下，努力地咽下；我曾被人称许我是"英雄"哟！

我静静在那里忏悔，我的怯弱，为什么总打不破小我的关头。我记得：我曾想象我是"英雄"的气概，手里拿着明晃晃的雌雄剑，独自站在喜马拉雅的高峰上，傲然的下视人寰，仿佛说：我是为一切的不平，而牺牲我自己的；我是为一切的罪恶，而挥舞我的双剑的呵！"英雄"，伟大的英雄，这是多么可崇拜的，又是多么可欣慰的呢！

但是怯弱的人们，是经不起撩拨的。我的英雄梦正浓酣的时候，波姊来叩我的门，同时我久闭的心门，也为她开了。为什么四年不见，她便如此的憔悴和消瘦？她黯然地说："你还是你呵！"她这一句话，好像是利刃，又好像是百宝匙；她掀开我秘密的心幕，她打开我勉强锁住的泪泉，与一切的烦恼，但是我为了要证实是英雄，到底不曾哭出来。

我们彼此矜持着，默然坐夜来了。于是我说："波，我们喝它一醉吧！何苦如此扎挣，酒可以蒙盖我们的脸面！"波点头道："我早预备陪你一醉。"于是我们如同疯了一般，一杯，一杯，接连着向唇边送，好像鲸吞鲵饮。也不知道什么时候，把一小坛子的酒吃光了，可是我还举着杯"酒来！酒来！"叫个不休！波握住我拿杯子的手说："隐！你醉了，不要喝了吧！"我被她一提醒，才知道我自己的身子，已经像驾云般支持不住，伏在她的膝上，唉！我一身的筋肉松弛了，我矜持的心解放了。风寒雪虐的春申江头，涵撒手归真的印影，我更想起萱儿还不曾断奶，便离开她的乳母，扶她父亲的灵柩归去。当她抱着牛奶瓶，宛转哀啼时，我仿佛是受绞刑的荼毒；更加着吴淞江的寒潮凄风，每在我独伴灵帏时，撕碎我抖颤的心……一向茹苦含辛的扎挣自己，然而醉后，便没有扎挣的力量了。我将我泪泉的水闸开放了，干枯的泪池，立刻波涛汹涌。我尽量的哭，哭那已经摧毁的如梦前程，哭那满尝辛苦的命运，唉！真痛恨呵，我一年以来，不曾这样哭过，但是苦了我的波姊，她也是苦海里浮沉的战将，我们可算是一对"天涯沦落人"。她呜咽着说："隐！你不要哭了，你现在是作客，看人家忌讳！你扎挣着吧！你如果要哭，我们到空郊野外哭去，我陪你到陶然亭哭去，那里是我埋愁葬恨的地方，你也可以借他人酒杯，浇自己块垒。在那里我们可尽量的哭，把天地哭毁灭也好，只求今天你咽下这眼泪去罢！"惭愧！我不知英雄气概抛向哪里去了，恐怕要从喜马拉雅峰，直堕入冰涯愁海里去。我仍然不住地哭，那可怜双鬓如雪的姨母，也不住为她不幸的甥女，老泪频挥，她颤抖着叹息着，于是全屋里的人，都悄默地垂着泪！可怜的萱儿，她对这半疯半醉的母亲，小心儿怯怯地惊颤着，小眼儿怔怔地呆望着，呵！无辜的稚子，母亲对不住你，在别人面前，纵然不英雄些，还没有多大羞愧，只有在萱儿面前不英雄，使她天真未凿的心灵里，了解伤心，甚至于陪着流泪，我未免太忍心，而且太罪过了。后来萱儿投在我的怀里，轻轻地将小嘴，吻着泪痕被颊的母亲，她忽然哭了！唉！我诅咒我自己，我愤恨酒，它使我怯弱，使我任性，更使我羞对我的萱儿！我决定止住我的泪液。我领着萱儿走到屋里，只见满屋子月华如水，清光幽韵，又逗起我无限的凄楚，在月姊的清光下，我们的陈迹太多了！我们曾向她诚默地祈祷过；也曾向她悄悄地赌誓过，但如今，月姊照着这飘泊的只影，他呢——人间天上。我如饿虎般的愤怒，紧紧掩上窗纱，我搂着萱儿悄悄地躲在床上。我真不敢想象月姊怎样奚落我。不久萱儿睡着了，我仿佛也进了梦乡，只觉得身上满披着缟素，独自站在波涛起伏的海边，四顾辽阔，没有岸际，没有船只，天上又是蒙着一层浓雾，一切阴森的。我正在彷徨惊惧的时候，忽见海里涌起一座山来，削壁玲珑，峰崖峻崎，一个女子披着淡蓝色的轻绡，向我微笑点头唱道：

独立苍茫愁何多？

抚景伤飘泊！

繁华如梦，

姹紫嫣红转眼过！

何事伤飘泊！

我听那女子唱完了，正要向她问明来历，忽听霹雳一声，如海倒山倾，吓了我一身冷汗，睁眼一看，波姊正拿着醒酒汤，叫我喝。我恰一转身，不提防把那碗汤碰泼了一地，碗也打得粉碎，我们都不禁笑了。

波姊说："下回不要喝酒吧，简直闹得满城风雨！……我早想到见了你，必有一番把戏，但想不到闹得这样凶！还是扎挣着装英雄吧！"

"波姊！放心吧！我不见你，也没有泪，今天我把整个儿的我，在你面前赤裸裸地贡献了，以后自然要装英雄！"波姊拍着我的肩说："天快亮了，月亮都斜了，还不好好睡一觉，病了又是白受罪！睡吧！明天起大家努力着装英雄吧！"

野花香醉后

孙福熙

六点钟起身，见光度很强，由窗外反射而入室内。这光度虽强，但光色不红，知不是晴天的红日；故我想，或者昨夜下了雪；然而，这里虽较冷，想总不会在八月间下雪的。因为急欲解决这个疑问，故我刚才所述的一番观察与思考的工夫只费了几秒钟；而且并不能说：我为了想解决这个疑问，费了几秒钟，因为我一边正在这样的观察与思考，一边却在披衣，倘若我不这样的观察与思考，这几秒钟原要消费在披衣上的。到了观察与思考的最后一秒钟，衣服也已经披上了，于是我忙着揭开窗帘，果然，一望皆白如大雪之后，非但填平高低，而且接连天地。这是朦胧的重雾。

我醉了酒似的，仿佛是有翼的鸟，灌了气的皮球似的，仿佛是有鳔的鱼，因为是酣醉，所以看了室内的错杂的东西，模糊不清的不在眼中，因为是皮球，所以接触物体便发生高亢的弹力，肩着画具，不知道重，踏在带露的草上，不知道湿。我被包围在隔着白雾的万绿丛中作画，头脑还是渐渐地扩大而且飘舞，胸腔和谐地起伏，为吟咏"呼吸自然的香美"的歌曲拍节。

这时云雾捣成碎片，如流水上的落花与浮萍，落花被流水所爱，牵了手去了，浮萍打着回旋等候流水们送来的知己；山峰最喜欢儿嬉，忽高忽低，忽左忽右，与白云追赶或者逃避，有时躲在很远的地方，然而不久又回到我的眼前了；风似乎是妒忌，然而仍是高兴似的，赶跑了云的群众，他们渐渐地退下去，虽然没有抵抗，却已变了脸色，然而新的群众又补充了这个社会；只有树是不怕什么威风的，他摇摇摆摆，嘻嘻哈哈地做出许多讥讽的样子，他决不肯退让，然而他究竟暗中吃苦，洒洒地落泪；也许有两个小虫，为了要吃一个更小的虫的权利问题，正在争闹，适巧，因为抵抗威风而自己吃苦的树的一滴暗泪，掉在这三个小虫之上，三个虫都夹泥带水地挣扎，而且同声地说：

"谁吃了饱饭，这样高兴，用了唾沫来沉溺我！"

小虫曾受了其余两个的爪牙的伤害，已不能支持了，狠狠地说：

"死了他们两个岂不很好！"

于是先死了，他们俩呢，相互地说：

"倘若没有你，我早已吃过小虫了！"

于是两个同时也死了。这社会中的事情，必比我所见闻的想象的繁复到无量数倍，然而我没有到他们的民间去，所知道的，只是浮泛的几件罢了。他们的这番变幻，大概都是瞒了太阳做的；等太阳开了眼，在云缝中一窥，大家都涨红了脸，羞耻地微笑了。我想画这个社会的变幻现象，就是不到民间去，只就浮泛而论，画一千幅也还不足，倘用快照，照一万片也还是不能尽，我的区区一幅画算得什么呢！吾友 V 君常宣传他在杂志上发表的文章之一篇中的主张,劝人对电影作漫画,为描写社会的动象者的一个进阶,他以为电影虽只是单片的集合体,但两单片之间各有动象,然而在作画的时节,比真的活的动象容易画得多了。我于很赞成他的这等活的教授法之后,或者可以借口于他的话,说:我的画中是包含无数动象的,算是我只以一幅画表现这样变幻的社会的解辩。

飞也似的到了数十丈路远之处,蹲在大路旁的沟中,画那隔了白杨的村舍,参差的红的屋顶,在果树丛中,因雾的流动而出没,如月下看红花,风吹花动,如池中看金鱼,水波成纹。最醉人的是眼前的黄白野花,他们不示人以瓣萼的形状,只是忽聚忽散的无数细点,他们不如香水的揭开瓶盖必发香气,只是若有若无的略可捉摸,我总怀疑,这或者是在梦中,否则何以让我独醉在这样的连幻想中都未曾有过的香甜乡中呢?我虽然知道我是醉了,而且是在梦中,然而觉得心境反清快多了,于是名这画为"野花香醉后,提笔心更清"。

第三张是进村中画村外刚才作画之地了,走到这里,才知道刚才那里并不是梦,要到这里才是做梦哩——然而我或者真的是在梦中,我分别不清楚了,倘若这里的不是梦,那么那里的当是梦了。小孩们围绕在我的身边较远之处,其中一个是挂着鼻涕的男孩,一个是以右手的食指放在唇边的女孩,小孩的圈子以外是山羊,更远是母牛,我在这围阵中作画。小孩们的母亲们来叫唤他们的小孩,在小孩们的流连中,她们也迟疑了。其中的一位是颇认识我的,她问我:

"孙先生,你在礼拜日也做工吗?"

"是的，因为雾未必肯等我到礼拜一呢！"我说。

在她的旁边，发出另一个女子的声音，然而我未曾抬起头来看她究竟是怎样的一个人，她很轻地说：

"他大概不信宗教的，所以星期日还是做工的。"

云雾忽然的远去了，我追赶至山崖，尽我的目力，送它到天边——这又是一个海天远别！天际有黄有红，是黄海，是红海；山峰浮出雾上，是海中的小岛。一样景象，一样相思！山与树经雾的洗刷而更清，他已一扫尘浊而去了。小镇的瓦屋及白杨，参差而却有行列，不如地图的块红块绿，然而是变化有致，不如军队的一纵一横，然而是自成条理，这或者就是艺术家所找的原则，所以名为活泼，名为调和，名为生命，或名为灵魂者是也。

回到寓所，还不过午间，R夫人正在预备午餐，因为这是礼拜日，所以食品很丰。大家看画，似乎都说我可享此盛餐而无愧了。

我想：半天工夫画四幅，一天画八幅，十天八十幅……倘若从初作画起，就这样肯画，到现在，不知有若干幅了！

我口在吃，又在说，但心还是醉在梦中，忽聚忽散的细花，忽有忽无的微香，在云雾中飘动，我愿永远的醉在这个梦中！

饮酒 [1]

金受申

中的酒类名色很多，按烟酒征税来分：一、绍酒，二、烧酒，三、洋酒。实际上的分别是烧酒、黄酒、露酒和江米白酒四种，除露酒特殊，江米白酒近已没落，只有烧酒、黄酒还盛行。北方的黄酒大都分甜、苦两种，如陕西黄酒称"甜南酒""苦南酒"；北京黄酒称"甘炸儿""苦清儿"；山东、山西黄酒也各自分其甜、苦的。绍兴黄酒就没有这种分别。

北京通行的一是烧酒，就是白干，南方称为"高粱烧""蚌埠烧""牛庄烧"的便是，是上中下不同阶层都欢迎的酒。二是绍兴黄酒，名色也很多，大部通行在中上阶层，日常饮此者很少。三是山东、山西黄酒，只作为应酬家乡客人而已。四是江米白酒，可以用在药内。

---

[1]　本文为节选。

大酒缸

　　大酒缸是北京味十足的好去处。经营大酒缸的多半是山西人，以零卖白干为主。贮酒用缸，缸有大缸二缸、净底不净底的分别。缸上盖以朱红缸盖，即以代替桌子。华灯初上，北风如吼，三五素心，据缸小饮，足抵十年尘梦。老北京人认为在大酒缸喝酒，如不据缸而饮，便减了几分兴致。大酒缸所卖的原封"官酒"，绝不羼入鸽粪、红矾等强烈杂质，兑水是免不了的。大酒缸所以能号召人，是在小碟酒菜和零卖食品，不但下层阶层欢迎，就是文人墨客也以为富有诗意，喜欢前去喝二两的。大酒缸的酒菜，分"自制"和"外叫"。自制又分"常有"和"应时"两种。例如花生仁、煮花生米、煮小花生、豆腐干、辣白菜、豆豉豆腐、豆豉面筋、拌豆腐丝、虾米豆、玫瑰枣、冷炒芽豆、豆儿酱、老腌鸡子、拌海蜇、饹炸盒、炸虾米……都是四时常有的酒菜。像冰黄瓜、冰苤蓝、拌粉皮、拌菠菜、芥末白菜墩、醉蟹、蒸河蟹、蒸海蟹、熏黄花鱼、卤千子米、鱼冻、排骨、酥鱼、香椿豆、鲜藕等，都是应时的酒菜。不论"应时"和"常有"都以冷食为主。价格除鱼蟹、海蜇、鸡子以外，其余只分大碟小碟两种，小碟两大枚铜元，大碟三大枚铜元。除凉碟酒菜，有的大酒缸还准备"钲炮羊肉"，以二两、四两、半斤计实。酒后二两羊肉多加葱，外添几个火烧，也是很不错的。酒菜中还有一种"钲炖鱼"，是热食中的应时菜。分炖黄花鱼和炖厚鱼。黄花鱼以尾计，厚鱼以段计，终日生火，汤滚鱼熟。在暮春天气、乍暖仍寒、冷食小酌之后，忽有热鱼一碟带汤而上，不但暖肠开胃，还有醒酒的功能。"独立市头人不识，一星如月看多时"的寂寞黄昏，独行踽踽地踅入了大酒缸，小碟酒菜满桌，甜咸异味，酸辣有分，四两白干入肚，微有醉意而所费无几，真是我等穷人开心解嘲的妙法。

大酒缸除了自有酒菜，还有外叫的酒菜。所谓外叫并不是到外边饭馆去叫，因为大酒缸的门外都有它"寄生"的营业，专卖凉热酒菜，是大酒缸所没有的，主要是肉类。凉的有"红柜子"，就是北京所说的"熏鱼柜子"，实在熏鱼却是附属品，而以熏猪头脸子和肘子为中心，但肘子不如脸子，外有口条、心室盖、猪心、猪肺、猪肝、大肚、肥肠、粉肠、熏豆腐干、熏鸡子等，可以零卖。另一种是"白柜子"，专卖驴肉、驴里脊、驴心肝肚，以回锅次数多、味咸为佳。京北白坊、京南南苑，以活驴下锅，号称"活驴香肉"，另有味外之味。俗说"天上有龙肉，地下有驴肉"，真是知者之言了。还有一种是卖"羊头肉"的。有羊脸子、羊信子、羊眼睛，以白煮的为佳，也有酱煮的。卖羊头肉的多半是大教人。廊房二条复兴酒店前有一马姓回民售卖白煮羊肉，还带牛肚，那是北京最好的一份羊头肉。

大酒缸外面卖热酒菜的有这样几种："水爆羊肚"，由肚仁、肚领到散丹、蘑菇、百叶、食系、葫芦、肚板，无一不备，而且物美价廉。再次是"苏造肉"，是以前宫内升平署厨房苏某创兴命名的，如"苏造酱""苏造鱼""苏造肉"等，不但冠以苏某的姓氏，上面还要加"南府"二字，作料特殊，味道香醇。近来仿制极多，都不能得其滋味，只其徒李某尚能得其真传，在鼓楼前宝源酒店门前出售。"苏造白鱼"须定制，价值六角一尾，所以很少有人食用。苏造酱亦较普通干黄酱价高一倍，以前只有交道口天源酱园制售，三年来亦断庄了。苏造肉附带猪下水煮火烧，颇能吸引食客。和它相仿佛的是"卤煮小肠"，材料和苏造肉相同，只是不用酱，而苏造肉则必须用酱。北京所谓"卤"就是花椒、大盐之别称，如"卤牲口""卤煮炸豆腐"等皆属此类。此外还有"炸饹馇"，虽不如羊肉馆用羊油炸，也是北京风味的一种。"卤煮炸豆腐"，豆腐要稍厚，以炸完后不要仅剩两层皮为佳。

此外大酒缸还代制食品，有"清水饺子"。馅可随四时季节变换，一角钱可买二十个，俗称"饺子就酒，越喝越有"，妙在油少而不涩，为大酒缸的大宗食品。"馄饨火烧"，虽没有好汤也还是"穷人乐"的美食。山西人开的大酒缸，代制山西拿手家常饭"刀削面"和"拨鱼儿"，三两分钱一碗，加上肉汤，恍坐晋阳市上梦晤重耳仁兄了。

大酒缸以平民化食品维持营业的繁荣，不过大酒缸多半临街，以饮客为市招，太不雅相，只东四牌楼恒和庆、东安门丁字街义聚成设有后堂，尚能号召些衣冠人物。还有后门桥谦益、金鱼胡同同泰、粮食店六必居等酒馆，颇能号召一方，附近饭馆全到他们那里"外打酒"，壶盖上加"门票"，以表示这些酒全是从这些名酒馆沽来的，使顾客相信。其中最特别的是大栅栏口同丰号，虽以露酒为主，主顾却欢迎它的白干。零卖碗酒，以茶碗盛酒，每碗二十枚。酒味之醇，北京第一。但它不预备酒菜，也没桌凳筷箸，饮者要在门外自买酒菜，立在柜前喝尽。大酒缸以前卖碗酒，用的都是黑皮子马蹄碗，颇有诗意古味。

北京白干酒的上品，除酒缸、酒店外，以都一处的"蒸酒"为第一，东西来顺和两益轩的"伏酒"次之，至于远年老白干，只南酒店还存一些，酒缸是没有的。北京白干的产地分四路：南路采育镇、长辛店，北路丽水桥，东路西集、燕郊，西路黑龙潭等，都各有烧锅。

黄酒馆

黄酒馆就是现在的南酒店，不过不止南酒，尚有山东黄酒、山西黄酒、北京黄酒，总称"黄酒馆"。从前北京黄酒馆带卖碗酒，凡在黄酒馆喝黄酒的不像大酒缸顾客的人品复杂，大半是坐大鞍车穿朱履的人物，尤其年高有德的老封翁，聚几个酒友，谈一些前八百年后五百载没相干的话。自带白杏一枚，令酒保剖为八块，杏核破为两半，加上碎冰，一两黄酒，欲饮又谈地不知温了几次，便可消磨一天。等到日已西斜，或到书馆听书，或回府用饭，试想黄酒馆怎能赚这一班人的钱？所以到了清末，黄酒馆便纷纷停闭，或改成南酒店，不卖碗酒。南酒店本庄营业是绍兴黄酒，后来也代售瓶酒白干、药酒、露酒的。

绍兴酒分花雕、女贞陈绍两种，陈绍又分竹叶青（佳者为陈竹青，次者为竹青）黄酒。花雕为坛上绘红黑色"吉庆有余""富贵平安"的花样。相传女贞陈绍是绍兴人生女儿时造酒埋地下，俟女儿出嫁时作为陪送，实在也是酒家自己所造。据知堂老人周作人考证，绍兴当地并无花雕之名。北京绍酒以年代定价值的高下，最远的据说有六十年的。绍酒最贵的卖四五元一斤，最贱的二角八分一斤。但在饭庄饭馆喝黄酒就没有准谱儿了，以字号大小定酒价高下，普通的四角一斤，也就是酒店卖二角八分的那一种。所以讲究喝黄酒的，都以外叫酒为便宜。因此酒店、饭馆互相借重，像粮食店内的泰和馆，本没有什么拿手好菜，因聚宝南酒店就在对门，靠酒店也能招徕一部分顾客。此外隆福寺长发、东四牌楼宏茂、八面槽长盛、北新桥三义、陕西巷长兴、后门泰源、绒线胡同德庆和、王府井大街杏花村、杏花天等南酒店也都记在饮者之心了。

南酒在以前都是从水路运京，在通县聚集。所以北京南酒店都写"照通发兑"。实在花雕与女贞陈绍，有的是南方造的，也有天津仿造的。真花雕坛上的花样是水墨颜色的，假的是油墨颜色的，一看便知，不容掩饰。至于远年花雕陈绍至多不过二三十年，还要兑新酒才能喝。六十年的陈酒已成酒黏，还怎能入口？民国以来，北京新兴的黄酒馆有李铁拐斜街的越香斋和西单北的雪香斋，不但卖碗酒，还制售精致酒菜，比大酒缸雅俗不可同日而语了。雪香斋主人倪君，本是风雅骚人，善烹紫蟹，一些文士报人，很喜和他来往。四年前倪君忽起莼鲈之思，收起营业，游西湖去了。倪君去后，还有余酒，由一位张君接办，在西安门外开设村味香饭铺，卖南酒和南方家常饭，倒也别具一格。

山东黄酒分甜头、苦头两种。甜头黄酒味如焦锅饼，毫无酒意。苦头黄酒近乎南酒，一般山东朋友都喜欢这种。以前山东黄酒很不普遍，即号称占北京饭馆第一位的山东馆，也都不带山东黄酒。山东黄酒馆以东珠市口德胜居历史为最悠久，最初也卖碗酒，后来除做批发生意外，碗酒则不卖了。此外像东四牌楼豆腐巷的复兴馆和由二荤馆改成的天宝楼，都因附近是山东人经营和从业的猪店、汤锅、猪肉杠，所以代售山东黄酒。山东黄酒有二角四分和二角两种，近年来山东黄酒馆虽然不卖碗酒，但营业却不衰落。

山西黄酒味最淡薄，喝的人很少，它和山西特产的汾酒，同为山西人开的大酒缸的附属品。

北京黄酒，虽不如南酒普遍，但味道确实不坏，甜头虽不如苦头滋味深长，但比山东黄酒强得多了。北京酿制黄酒的，以护国寺西口外柳泉居最有名，历史也悠久。后来柳泉居铺东又在崇文门外开设了仙路居，这两家铺东铺长虽是山东人，却酿制北京黄酒。北京黄酒号称"玉泉佳酿"，每斤一角七分。同时也酿造药酒，如"木瓜北京黄"，色如琥珀，酒味香醇，比木瓜烧酒另具特色。柳泉居原先也卖碗酒，后来因酒客酒后借地打牌，才停止卖碗酒。代卖北京黄酒的从前有安定门外头道桥鸡鸣馆，现在有阜成门外月墙虾米居。虾米居虽然开在关厢，但因能制兔肉脯、牛肉干，而且后墙临河，透过墙上的扇形，桃形窗棂，可以远眺西山，所以颇能吸引顾客。最妙的是虾米居一直未装电灯，晚间燃蜡烛。如在冬天，北风飒飒，烛影摇摇，兔脯新熟，玉杯琥珀，仿佛塞上猎罢，野宿尝新一样。

白　酒

白酒就是江米酒，可以用在药内。长沙方剂的"瓜蒌薤白白酒汤"，便是此种白酒，从前也有爱喝的。新年元旦后，更有下街担售的，最受儿童欢迎。在新年大肉之后，一杯清凉，确有味道。近年卖酥糖的还有代售江米酒的，但已比较少见，只剩鲜鱼口一家以做"白糟"为主了。

中国的酒类很多，在北京也不限上述的那些。还有机制的葡萄酒、啤酒、白兰地酒，外来的茅台酒、大曲酒、蛤蚧酒等。

第三辑　茶

喝茶

周作人

前回徐志摩先生在平民中学讲"吃茶"——并不是胡适之先生所说的"吃讲茶"——我没有工夫去听，又可惜没有见到他精心结构的讲稿，但我推想他是在讲日本的"茶道"（英文译作 Teaism），而且一定说得很好。茶道的意思，用平凡的话来说，可以称作"忙里偷闲，苦中作乐"，在不完全的现世享乐一点美与和谐，在刹那间体会永久，是日本之"象征的文化"里的一种代表艺术。关于这一件事，徐先生一定已有透彻巧妙的解说，不必再来多嘴，我现在所想说的，只是我个人的很平常的喝茶观罢了。

喝茶以绿茶为正宗。红茶已经没有什么意味，何况又加糖——与牛奶？葛辛（George Gissing）的《草堂随笔》（原名 Private Papers of Henry Ryecroft）确是很有趣味的书，但冬之卷里说及饮茶，以为英国家庭里下午的红茶与黄油面包是一日中最大的乐事，支那饮茶已历千百年，未必能领略此种乐趣与实益的万分之一，则我殊不以为然。红茶带"土斯"未始不可吃，但这只是当饭，在肚饥时食之而已；我的所谓喝茶，却是在喝清茶，在赏鉴其色与香与味，意未必在止渴，自然更不在果腹了。

中国古昔曾吃过煎茶及抹茶，现在所用的都是泡茶，冈仓觉三在《茶之书》(*Book of Tea*, 1919) 里很巧妙地称之曰"自然主义的茶"，所以我们所重的即在这自然之妙味。中国人上茶馆去，左一碗右一碗地喝了半天，好像是刚从沙漠里回来的样子，颇合于我的喝茶的意思（听说闽粤有所谓吃工夫茶者自然更有道理），只可惜近来太是洋场化，失了本意，其结果成为饭馆子之流，只在乡村间还保存一点古风，唯是屋宇器具简陋万分，或者但可称为颇有喝茶之意，而未可许为已得喝茶之道也。

喝茶当于瓦屋纸窗下，清泉绿茶，用素雅的陶瓷茶具，同二三人共饮，得半日之闲，可抵十年的尘梦。喝茶之后，再去继续修各人的胜业，无论为名为利，都无不可，但偶然的片刻优游乃正亦断不可少。中国喝茶时多吃瓜子，我觉得不很适宜；喝茶时可吃的东西应当是轻淡的"茶食"。中国的茶食却变了"满汉饽饽"，其性质与"阿阿兜"相差无几，不是喝茶时所吃的东西了。日本的点心虽是豆米的成品，但那优雅的形色，朴素的味道，很合于茶食的资格，如各色的"羊羹"（据上田恭辅氏考据，说是出于中国唐时的羊肝饼），尤有特殊的风味。江南茶馆中有一种"干丝"，用豆腐干切成细丝，加姜丝酱油，重汤炖热，上浇麻油，出以供客，其利益为"堂倌"所独有。豆腐干中本有一种"茶干"，今变而为丝，亦颇与茶相宜。在南京时常食此品，据云有某寺方丈所制为最，虽也曾尝试，却已忘记，所记得者乃只是下关的江天阁而已。学生们的习惯，平常"干丝"既出，大抵不即食，等到麻油再加，开水重换之后，始行举箸，最为合式，因为一到即罄，次碗继至，不遑应酬，否则麻油三浇，旋即撤去，怒形于色，未免使客不欢而散，茶意都消了。

吾乡昌安门外有一处地方名三脚桥（实在并无三脚，乃是三出，因以一桥而跨三汉的河上也），其地有豆腐店曰周德和者，制茶干最有名。寻常的豆腐干方约寸半，厚可三分，值钱二文，周德和的价值相同，小而且薄，才及一半，黝黑坚实，如紫檀片。我家距三脚桥有步行两小时的路程，故殊不易得，但能吃到油炸者而已。每天有人挑担设炉镬，沿街叫卖，其词曰：

> 辣酱辣，
>
> 麻油炸，
>
> 红酱搭，辣酱拓；
>
> 周德和格五香油炸豆腐干。

其制法如上所述，以竹丝插其末端，每枚三文。豆腐干大小如周德和，而甚柔软，大约系常品，唯经过这样烹调，虽然不是茶食之一，却也不失为一种好豆食。——豆腐的确也是极好的佳妙的食品，可以有种种的变化，唯在西洋不会被领解，正如茶一般。

日本用茶淘饭，名曰"茶渍"，以腌菜及"泽庵"（即福建的黄土萝卜，日本泽庵法师始传此法，盖从中国传去）等为佐，很有清淡而甘香的风味。中国人未尝不这样吃，唯其原因，非由穷困即为节省，殆少有故意往清茶淡饭中寻其固有之味者，此所以为可惜也。

十三年十二月

上海的茶楼

郁达夫

茶，当然是中国的产品。《尔雅》释"槚"为"苦茶"，早采为茶，晚采为茗。《茶经》分门别类，一曰茶，二曰槚，三曰蔎，四曰茗，五曰荈。《神农食经》，说茗茶宜久服，令人有功悦志。华佗《食论》，也说"苦茶久食，益意思"。因此中国人，差不多人人爱吃茶，天天要吃茶；柴米油盐酱醋茶，至将茶列入了开门七件事之一，为每人每日所不能缺的东西。

外国人的茶，最初当然也系由中国输入的奢侈品，所谓梯、泰（Tea，The）等音，说不定还是闽粤一带，土人呼茶的字眼。日记大家Pepys头一次吃到茶的时候，还娓娓说到它的滋味性质，大书特书，记在他的那部可宝贵的日记里。外国人尚且推崇得如此，也难怪在出产地的中国，遍地都是卢仝、陆羽的信徒了。

茶店的始祖，不知是哪个人，但古时集社，想来总也少不了茶茗的供设；风传到了晋代，嗜茶者愈多，该是茶楼酒馆的极盛之期。以后一直下来，大约世界越乱，国民经济越不充裕的时候，茶馆店的生意也一定越好。何以见得？因为价廉物美，只消有几个钱，就可以在茶楼住半日，见到许多友人，发些牢骚，谈些闲天的缘故。上面所说的，是关于茶及茶楼的一般的话；上海的茶楼，情形却有点儿不同，这原也像人口过多，五方杂处的大都会中常有的现象，不过在上海，这一种畸形的发达更要使人觉得奇怪而已。

上海的水陆码头，交通要道，以及人口密聚的地方的茶楼，顾客大抵是帮里的人。上茶馆里去解决的事情，第一是是非的公断，即所谓吃讲茶；第二是拐带的商量，女人的跟人逃走，大半是借茶楼为出发地的；第三，总是一般好事的人的去消磨时间。

所以上海的茶楼，若没这一批人的支持，营业是维持不过去的，而全上海的茶楼总数之中，以专营这一种营业的茶店居五分之四；其余的一分，像城隍庙里的几家，像小菜场附近的有些，才是名副其实，供人以饮料的茶店。譬如有某先生的一批徒弟，在某处做了一宗生意，其后更有某先生的同辈的徒弟们出来干涉了，或想分一点肥，或是牺牲者请出来的调人，或者竟系在当场因两不接头而起冲突的诸事件发生之后，大家要开谈判了，就约定时间，约定伙伴，一家上茶馆里去。这时候，聚集的人，自然是愈多愈好，文讲讲不下来，改日也许再去武讲的，比他们长一辈的先生们，当然要等到最后不能解决的时候，才来上场。这些帮里的人，也有着便衣的巡捕，也有穿私服的暗探，上面没有公事下来，或牺牲者未进呈子之先，他们当然都是那一票生意经的股东。

这是吃讲茶的一般情形，结果大抵由理屈者方面惠茶钞，也许更上饭馆子去吃一次饭都说不定。至于赎票，私奔，或拐带等事情的谈判，表面上的当事人人数自然还要减少；但周围上下，目光炯炯，侧耳探头，装作毫不相干的神气，或坐或立地埋伏在四面的人，为数却也绝不会少，不过紧急事情不发生，他们就可以不必出来罢了。从前的日升楼，现在的一乐天、全羽居、四海升平楼等大茶馆，家家虽则都有禁吃讲茶的牌子挂在那里，但实际上顾客要吃起讲茶来，你又哪里禁止得他们住。

除了这一批有正经任务的短帮茶客之外，日日于一定的时间来一定的地方作顾客的，才是真正的卢仝、陆羽们。他们大抵是既有闲而又有钱的上海中产的住民；吃过午饭，或者早晨一早，他们的双脚，自然走熟的地方走。看报也在那里，吃点点心也在那里，与日日见面的几个熟人谈推背图的人实现，说东洋人打仗，报告邻右一家小户人家的公鸡的生蛋也就在那里。

物以类聚，地借人传，像在跑马厅的附近，城隍庙的境内的许多茶店，多半是或系弄古玩，或系养鸟儿，或者也有专喜欢听说书的专家茶客的集会之所。像湖心亭、春风得意楼等处，虽则并无专门的副作用留存着在，可是有时候，却也会集茶客的大成，坐得济济一堂，把各色有专门嗜好的茶人来尽吸在一处的。

至如有女招待的吃茶处，以及游戏场的露天茶棚之类，内容不同，顾客的性质与种类自然又各别了。

上海的茶店业，既然发达到了如此的极盛，自然，随茶店而起的副业，也要必然地滋生出来。第一，卖烧饼、油包，以及小吃品的摊贩，当然是等于眉毛之于眼睛一样，一定是家家茶店门口或近处都有的。第二，是卖假古董小玩意的商人了，你只教在热闹市场里的茶楼上坐他一两个钟头，像这一种小商人起码可以遇见到十人以上。第三，是算命、测字、看相的人。第四，这总算是最新的一种营养者，而数目却也最多，就是航空奖券的推销员。至如卖小报、拾香烟蒂头，以及糖果香烟的叫卖人等，都是这一游戏场中所共有的附属物，还算不得上海茶楼的一种特点。

还有茶楼的夜市也是上海地方最著名的一种色彩。小时候在乡下，每听见去过上海的人，谈到四马路青莲阁四海升平楼的人肉市场，同在听天方夜谭一样，往往不能够相信。现在因国民经济破产，人口集中都市的结果，这一种肉阵的排列和拉撕的悲喜剧，都不必限于茶楼，也不必限于四马路一角才看得见了，所以不谈。

戒茶

老　舍

　　我既已戒了烟酒而半死不活，因思莫若多加几种，爽性快快地死了倒也干脆。

　　谈再戒什么呢？

　　戒荤吗？根本用不着戒，与鱼不见面者已整整二年，而猪羊肉近来也颇疏远。还敢说戒？平价之米，偶尔有点油肉相佐，使我绝对相信肉食者"不鄙"！若只此而戒除之，则腹中全是平价米，而人也快变为平价人，可谓"鄙"矣！不能戒荤！

　　必不得已，只好戒茶。

　　我是地道中国人，咖啡、蔻蔻、汽水、啤酒，皆非所喜，而独喜茶。有一杯好茶，我便能万物静观皆自得。烟酒虽然也是我的好友，但它们都是男性的——粗莽、热烈，有思想，可也有火气——未若茶之温柔，雅洁，轻轻的刺戟，淡淡的相依；是女性的。

　　我不知道戒了茶还怎样活着，和干吗活着。但是，不管我愿意不愿意，近来茶价的增高已教我常常起一身小鸡皮疙瘩！

茶本应该是香的，可是现在卅元一两的香片不但不香，而且有一股子咸味！为什么不把咸蛋的皮泡泡来喝，而单去买咸茶呢？六十元一两的可以不出咸味，可也不怎么出香味，六十元一两啊！谁知道明天不就又长一倍呢！

恐怕呀，茶也得戒！我想，在戒了茶以后，我大概就有资格到西方极乐世界去了——要去就抓早儿，别把罪受够了再去！想想看，茶也须戒！

吃茶记

胡 适

前天晚上，我们三四个人，走过四马路，看见一家新开的茶馆。便走上去，想吃碗茶。借此可以歇歇脚力，哪知上得楼来，只见那楼上已是黑压压地坐了无数的人，夹着那花花绿绿的野鸡妓女，笑的，说的，扮鬼脸的，无数不有。我们已上来了，只好拣个座头坐下，叫堂倌泡了茶来，吃起茶来了。

我们吃茶吃得正高兴，忽有一个乞丐，伛偻行来，行到我们桌子边，说了无数的斯文话，什么"晚生""流落""大人先生""栽培"说了一大串。我们也不去理他。他又说："晚生并不是假充斯文，尽可当面考试，诸公可以出一题目，叫晚生做一首七律看看如何？"我们也不去理他。他又说："可与言而不与之言，谓之失人；不可与言而与之言，谓之失言。君子不失人，亦不失言。"我们更不理他，他便搭讪着走了。过了一会儿，他又走过来，站在我的身边，诉说他的苦况，我也不去听他，到了后来，忽听他说道："到了这步田地，真所谓谓他人父，亦莫我顾的了。"我听了这两句话，不觉吓了一跳，想了一想，我几乎掉下眼泪来，我心中大感动，我便摸了一个铜元抛给他，他接了，他去了。

列位要晓得，那"谓他人父，亦莫我顾"是两句诗经，说一个人到了穷迫的时候，无衣无食，无家无室，没奈何，只得低头下声去求人，谁知求人是一件最难的事。虽然口口声声称人作"老子""老子"，人家也不顾他，终究没人睬他。这两句话真是至理名言，又是极伤心的话，这个乞丐，居然说了这句伤心话，我听了很感动。我为什么感动呢？因为我看了这个乞丐，又听了这二句话，我心中觉得，为人在世须要自立，断不可靠别人。这个乞丐的生平，大约第一是懒惰；第二是没有志气，自己不肯自立，专想靠人家吃饭，所以流落到这个地步。如果他从前早些打定主意，一心一意，要靠自己一双手吃饭，那便断不会流为乞丐了。列位切记天下人都是靠不住的，天是格外靠不住的了，只有我自己一双手是最靠得住的，万无一失的。你看，米是一双手种出来的，布是一双手织出来的，钱是一双手赚来的，房子是一双手造起来的，甚至于天下也是一双手打出来的，这一双手便是自立的兵器。从前有个叶澄衷，本是黄浦江中一个摇船的舟子，后来因为他自己晓得靠自己一双手吃饭，所以渐渐发起财来，后来成了七八百万的富翁，于今哪一个不晓得叶澄衷的名字。又有一个杨斯盛，起初也是一个小小的泥水匠，他也会靠一双手，赚了百万家财。还有美国许多几千万以上的大富翁，哪一个不是身无半文、家徒四壁，到后来，哪一个不是安富尊荣，哪一个不是靠一双手打出来的世界，若使那些叶澄衷、杨斯盛和那美国那些大富豪，当初也把他们那双手拱起来，张开口，伸着手，靠着别人，到如今，还不是和那谓他人父亦莫我顾的乞丐一个样儿吗！所以我心中很感动，回来马上做一篇独立的白话，做了社说，后来觉得那话儿还没有说完，所以又做了这篇《吃茶记》。奉劝列位，那一种谓他人父亦莫我顾的情形，那种日子，真正难过呢。我做了这篇记，我还要告诉列位一句极浅的话，是求人不如求己。唉，我们同胞听着，求人不如求己呀！

茶 话

周瘦鹃

茶，是我国的特产，吃茶也就成了我国人民特有的习惯。无论是都市，是城镇，以至乡村，几乎到处都有大大小小的茶馆，每天自朝至暮，几乎到处都有茶客，或者是聊闲天，或者是谈正事，或者搞些下象棋、玩纸牌等轻便的文娱活动，形成了一个公开的群众俱乐部。

茶有"茗""荈""槚"几个别名。据《尔雅》说，早采者为茶，晚取者为茗，荈和槚是苦茶。吃茶的风气始于晋代。晋人杜育，就写过一篇《荈赋》，对于茶大加赞美；到了唐代，那就盛行吃茶了。

茶树的干像瓜芦，叶子像栀子，花朵像野蔷薇，有清香，高一二尺。江苏、浙江、福建、安徽各省，都是茶的产地，如碧螺春、龙井、武夷、六安、祁门等各种著名的绿茶、红茶，都是我们所熟知的。茶树都种于山野间，可是喜阴喜燥，怕阳光怕水，倘不施粪肥，味儿更香，绿茶色淡而香清，红茶色香味都很浓郁，而味带涩性。绿茶有明前、雨前之分，是照着采茶的时期而定名的，采于清明节以前的叫作明前，采于谷雨节以前的叫作雨前，以雨前较为名贵。茶叶可用花窨，如茉莉、珠兰、玫瑰、木樨、白兰、玳玳都可以窨茶，不过花香一浓，就会冲淡茶香，所以窨花的茶叶，不必太好，上品的茶叶，是不需要借重那些花的。

吃茶有什么好处，谁也不能肯定。茶可以解渴，这是开宗明义第一章，有的人说它可以开胃润气，并且助消化，尤以红茶为有效。可是医生却并不赞同，以为茶有刺激神经的作用，不如喝白开水有润肠利便之效。但我们吃惯了茶的人，总觉得白开水淡而无味，还是要去吃茶，情愿让神经刺激一下了。

唐朝的诗人卢仝和陆羽，可说是我国提倡吃茶的有名人物，昔人甚至尊之为"茶圣"。卢仝曾有一首长歌，谢人寄新茶，其下半首云："……柴门反关无俗客，纱帽笼头自煎吃，碧云引风吹不断，白花浮光凝碗面。一碗喉吻润，两碗破孤闷，三碗搜枯肠，惟有文字五千卷；四碗发轻汗，平生不平事，尽向毛孔散；五碗肌骨清，六碗通仙灵，七碗吃不得也，唯觉两腋习习清风生。"夸张吃茶的好处，写得十分有趣；因此"卢仝七碗"，也就成了后人传诵的佳话。陆羽字鸿渐，有文学，嗜茶成癖，著《茶经》三篇，原原本本地说出茶之源、之法、之具，真是一个吃茶的专家。宋朝的诗人如苏东坡、黄山谷、陆放翁等，也都是爱茶的，他们的诗集中有不少歌颂吃茶的作品。

制茶的方法，红绿茶略有不同，据说要制红茶时，可将采下的嫩叶，铺满在竹席上，放在阳光中曝晒，晒了一会儿，便搅拌一会儿，等到叶子晒得渐渐地萎缩时，就纳入布袋揉搓一下，再倒出来曝晒，将水分蒸散，再装在木箱里，一层层堆叠起来，重重压紧，用布来遮在上面，等到它变成了红褐色透出香气来时，再从箱里倒出来晒干，然后放在炉火上烘焙。经过了这几重手续，叶子已完全干燥，而红茶也就告成了。制绿茶时，那么先将采下的嫩叶放在蒸笼里蒸一下，或铁锅上炒一下，到它带了粘性而透出香气来时，就倒出来，铺散在竹席上，用扇子把它用力地扇，扇冷之后，立即上炉烘焙，一面烘，一面揉搓，叶子就逐渐干燥起来。最后再移到火力较弱的烘炉上，且烘且搓，直到完全干燥为止，于是绿茶也就告成了。

过去我一直爱吃绿茶，而近一年来，却偏爱红茶，觉得酽厚够味，在绿茶之上；有时红茶断档，那么吃吃洞庭山的名产绿茶碧螺春，也未为不可。

在明代时，苏州虎丘一带也产茶，颇有名，曾见之诗人篇章。王世贞句云："虎丘晚出谷雨后，百草斗品皆为轻。"徐渭句云："虎丘春茗妙烘蒸，七碗何愁不上升。"他们对于虎丘茶的评价都是很高的。可是从清代以至于今，就不曾听得虎丘产茶了。幸而洞庭山出产了碧螺春，总算可为苏州张目。碧螺春本来是一种野茶，产在碧螺峰的石壁上，清代康熙年间被人发现了，采下来装在竹筐里装不下，便纳在怀里，茶叶沾了热气，透出一阵异香来，采茶人都嚷着"吓杀人香"。原来"吓杀人"是苏州俗话，在这里就是极言其香气的浓郁，可以吓得杀人的。从此口口相传，这种茶叶就称为"吓杀人香"。康熙南巡时，巡抚宋荦以此茶进献，康熙因它的名儿不雅，就改名为"碧螺春"。此茶的特点，是叶子都蜷曲，用沸水一泡，还有白色的细茸毛浮起来。初泡时茶味未出，到第二次泡时呷上一口，就觉得"清风自向舌端生"了。

从前一般风雅之士，对于吃茶称为品茗，原来他们泡了茶并不是一口一口的呷，而是像喝贵州茅台酒、山西汾酒一样，一点一滴地在嘴唇上"品"的。在抗日战争以前，我曾在上海被邀参加过一个品茗之会。主人是个品茗的专家，备有他特制的"水仙""野蔷薇"等茶叶，并且有黄山的云雾茶，所用的水，据说是无锡运来的惠泉水，盛在一个瓦铫里，用松毛、松果来生了火，缓缓地煎。那天请了五位客，连他自己一共六人。一只小圆桌上放着六只像酒盅般大的小茶杯和一把小茶壶，是白地青花瓷质的。他先用沸水将杯和壶泡了一下，然后在壶中满满地放了茶叶，据说就是"水仙"。瓦铫水沸之后，就斟在茶壶里，随即在六只小茶杯里各斟一些些，如此轮流地斟了几遍，才斟满了一杯。于是品茗开始了，我照着主人的方式，啜一些在嘴唇上品，啧啧有声。客人们赞不绝口，都说："好香！好香！"我也只得附和着乱赞，其实觉得和我们平日所吃的龙井、雨前是差不多的。听说日本人吃茶特别讲究，也是这种方式，他们称为"茶道"，吃茶而有道，也足见其重视的一斑。我以为这样的吃茶，已脱离了一般劳动人民的现实生活，实在是不足为训的。

茶坊哲学

范烟桥

江浙之间多茶坊，大约还是南宋时始盛。一般人以为废时失业，就是吃茶人也自以为无聊消遣，可是就我观察，却大不其然，吃茶不能说完全无益，可以引"博弈犹贤"的话来解嘲。

譬如约朋友，不惯信守时间的中国人，往往约在上半天来访的，等到晚上还不见光临。倘若约在茶坊里，先到的可以品茗静待，不至枯坐寂寞。有时只约了甲，却连带会遇见了乙丙诸人，岂不便利。

苏州的茶坊，可以租看报纸，大报一份只需铜元四枚，小报一份只需铜元一枚，像现在报纸层出不穷，倘然多看几份，每月所费不赀，到了茶坊，费极少的钱，可以看不少的报纸，岂不便宜合算。

还有许多新闻，是报纸所不载的，我们可以从茶客中间听到。尤其是在时局起变化的时候，可以听到许多足供参考的消息，比看报更有益。单就吴苑讲，有当地的新闻记者，有各机关的职员，他们很高兴把得到的比较有价值的消息，公开给一般茶客的。

茶坊又是常识的供应所，因为茶客品类复杂，常有各种专门的经验，在谈话时发挥出来。我们平时要费掉许多工夫才能知道的，在茶坊可以不劳而获。所以图书馆是百科大学，茶坊是活的图书馆。茶客的品性，当然各如其面，至不一律，倘然以人为鉴，可以增进我们的道德。譬如吝啬的人，吃了几回茶，至少可以慷慨一些。迂执的人，吃了几回茶，至少可以旷达一些。

中国太缺少娱乐了，一天工作辛苦，没有片刻的娱乐，精神上何等苦痛。像都市里，只有赌嫖烟等等有害无益的消遣，非但不能得到安慰，反而增加了烦恼。至于吃茶，那是绝对没有什么损害的。往往受了委屈，到了茶坊，和几个茶友谈天说地了好一回，顿时可以把苦闷全丢到爪哇国去。因为茶坊里除掉为了争执来吃讲茶的以外，大多数脸上总是浮起一点笑意的。

倘然要知道些市面，也不能不到茶坊里坐坐。这几天蟹卖多少钱一两？美丽牌香烟哪一家贱一个铜元？哪里的牛奶最好？甚至什么地方有什么特产？这时候有什么时鲜东西？都能从茶客谈话中听到。尤其是商店大廉价，何种的确价廉物美？何种不过是欺人之术？听了可以不至上当吃亏。

再进一步说，尽有许多学问，也可以在茶坊中增进的。因为有许多学者，也常到茶坊里来的。像某字应作何音？某种应酬文字应如何称呼？某人的作品如何？某人的主义如何？某人最诚恳可以为友，某人最宏博可以为师，人物的衡鉴，也在茶客的嘴上。

现在的物质享用，可算得日新月异而岁岁不同了。时常有茶客，把新见到的器物，介绍给茶友，比走到商店里去采办，更多一点实验的机会。小而言之，可以知道什么牌子的东西来得经久耐用？怎样用法可以事半功倍？

最关重要的是一个问题的发生，倘若在自己家里一时不容易解决，可以到茶坊，和茶友去商榷。因为日常相见的茶友，总是很热忱的，很肯发表意见的。倘若身体上有些小毛病，要打听些"单方"，更是便当，几个茶客，可以凑成一部万宝全书的。

这个年头，正是多事之秋，吃官司是家常便饭，那么这个法律顾问，也可以向茶客中义务委任的。因为有许多律师，常到茶坊来休息，有什么问题，可以不费一文谈话费，而向他们请教的。

假使是失业者，没有门路可走，正宜常到茶坊，拣有势力有权威的茶友，和他接近。好在茶坊里是一切平等的，到他们家里，说不定要挡驾，到茶坊里，是不能避而不见的。即使此法不行，还有出路可寻。哪里正在物色何种人物？哪里快要辞去何人？何人和某公司接近？何人和某机关的头脑熟识？何项位置有多少薪水？何项职务最有进展希望？差不多职业指导所就在那里。

我不知道别处茶坊，有没有这种情形，可是我在苏言苏。凡是常到吴苑喝茶的，都能首肯，许为名言。至于证例，多不胜举，恕不絮聒了。

苏州人还有一个奇异的名词，唤作"茶馆上谕"。意思是说茶坊里有一种不可思议的舆论，去比评一桩事件，比报纸的社论、法院的判决书，还要有力。某人说过，倘若袁世凯常到吴苑来听听茶馆上谕，绝不会想做洪宪皇帝的。尽有十恶不赦的人，会给茶馆上谕申诉得服服帖帖的。因为十目所视，十手所指，他不能不内疚神明啊。

政客的论调，是偏激的，有背景的。独有茶馆上谕是公平的，是没有作用的，所以在茶馆上谕里，可以保存一点真是非。

以上都是从好的一方面说，凡事有好必有坏，不过好坏还在自择，难道不吃茶的人，不干坏事的么？不过这些话，够不上称哲学，要请哲学家原谅的。

寻常茶话

汪曾祺

我对茶实在是个外行。茶是喝的，而且喝得很勤，一天换三次叶子。每天起来第一件事，便是烧水，沏茶。但是毫不讲究，对茶叶不挑剔。青茶、绿茶、花茶、红茶、沱茶、乌龙茶，但有便喝。茶叶多是别人送的，喝完了一筒，再开一筒。喝完了碧螺春，第二天就可以喝蟹爪水仙。但是不论什么茶，总得是好一点的。太次的茶叶，便只好留着煮茶叶蛋。《北京人》里的江泰认为喝茶只是"止渴生津利小便"，我以为还有一种功能，是：提神。《陶庵梦忆》记闵老子茶，说得神乎其神。我则有点像董日铸，以为"浓、热、满三字尽得茶理"。我不喜欢喝太烫的茶，沏茶也不爱满杯。我的家乡论为客人斟茶斟酒："酒要满，茶要浅"，茶斟得太满是对客人不敬，甚至是骂人。于是就只剩下一个字：浓。我喝茶是喝得很酽的。曾在机关开会，有女同志尝了我的一口茶，说是"跟药一样"。

我读小学五年级那年暑期，我的祖父不知怎么忽然高了兴，要教我读书。"穿堂"的右侧有两间空屋。里间是佛堂，挂了一幅丁云鹏画的佛像，佛的袈裟是朱红的。佛像下，是一尊乌斯藏铜佛。我的祖母每天早晚来烧一炷香。外间本是个贮藏室，房梁上挂着干菜，干的棕叶，靠墙有一坛"臭卤"，面筋、百叶、笋头、苋菜秸都放在里面臭。临窗设一方桌，便是我的书桌。祖父每天早晨来讲《论语》一章，剩下的时间由我自己写大小字各一张。大字写《圭峰碑》，小字写《闲邪公家传》，都是祖父从他的藏帖里拿来给我的。隔日作文一篇，还不是正式的八股，是一种叫作"义"的文体，只是解释《论语》的内容。题目是祖父出的。我共做了多少篇"义"，已经不记得了。只记得有一题是"孟子反不伐义"。

祖父生活俭省，喝茶却颇考究。他是喝龙井的，泡在一个深栗色的扁肚子的宜兴砂壶里，用一个细瓷小杯倒出来喝。他喝茶喝得很酽，喝一口，还得回味一下。

他看看我的字、我的"义"；有时会另拿一个杯子，让我喝一杯他的茶，真香。从此我知道龙井好喝，我的喝茶浓酽，跟小时候的熏陶也有点关系。

后来我到了外面，有时喝到龙井茶，会想起我的祖父，想起孟子反。

我的家乡有"喝早茶"的习惯，或者叫作"上茶馆"。上茶馆其实是吃点心，包子、蒸饺、烧麦、千层糕……茶自然是要喝的。在点心未端来之前，先上一碗干丝。我们那里原先没有煮干丝，只有烫干丝。干丝在一个敞口的碗里堆成塔状，临吃，堂倌把装在一个茶杯里的佐料——酱油、醋、麻油浇入。喝热茶，吃干丝，一绝！

抗日战争时期，我在昆明住了七年，几乎天天泡茶馆。"泡茶馆"是西南联大学生特有的说法。本地人叫作"坐茶馆"，"坐"，本有消磨时间的意思，"泡"则更胜一筹。这是从北京带过去的一个字，"泡"者，长时间地沉溺于其中也，与"穷泡""泡蘑菇"的"泡"是同一语源。联大学生在茶馆里往往一泡就是半天。干什么的都有，聊天、看书、写文章。有一位教授在茶馆里读梵文。有一位研究生，可称泡茶馆的冠军。此人姓陆，是一怪人。他曾经徒步旅行了半个中国，读书甚多，而无所著述，不爱说话。他简直是"长"在茶馆里。上午、下午、晚上，要一杯茶，独自坐着看书。他连漱洗用具都放在一家茶馆里，一起来就到茶馆里洗脸刷牙。听说他后来流落到四川，穷困潦倒而死，悲夫！

　　昆明茶馆里卖的都是青茶，茶叶不分等次，泡在盖碗里。文林街后来开了一家"摩登"茶馆，用玻璃杯卖绿茶、红花——滇红、滇绿。滇绿色如生青豆，滇红色似"中国红"葡萄酒，茶味都很厚。滇红尤其经泡，三开之后，还有茶色。我觉得滇红比祁（门）红、英（德）红都红，这也许是我的偏见。当然比斯里兰卡的"利普顿"要差一些——有人喝不来"利普顿"，说是味道很怪。人之好恶，不能勉强。

　　我在昆明喝过烤茶。把茶叶放在粗陶的烤茶罐里，放在炭火上烤得半焦，倾入滚水，茶香扑人。几年前在大理街头看到有烤茶罐卖，犹豫一下，没有买。买了，放在煤气灶上烤，也不会有那样的味道。

　　一九四六年冬，开明书店在绿杨邨请客。饭后，我们到巴金先生家喝功夫茶。几个人围着浅黄色的老式圆桌，看陈蕴珍（萧珊）"表演"：濯器、炽炭、注水、淋壶、筛茶。每人喝了三小杯。我第一次喝功夫茶，印象深刻。这茶太酽了，只能喝三小杯。在座的除巴金先生夫妇，有靳以、黄裳。一转眼，四十三年了。靳以、萧珊都不在了。巴老衰病，大概没有喝一次功夫茶的兴致了。那套紫砂茶具大概也不在了。

我在杭州喝过一杯好茶。

一九四七年春，我和几个在一个中学教书的同事到杭州去玩。除了"西湖景"，使我难忘的有两样方物，一是醋鱼带把。所谓"带把"，是把活草鱼的脊肉剔下来，快刀切为薄片，其薄如纸，浇上好秋油，生吃。鱼肉发甜，鲜脆无比。我想这就是中国古代的"切脍"。一是在虎跑喝的一杯龙井。真正的狮峰龙井雨前新芽，每蕾皆一旗一枪，泡在玻璃杯里，茶叶皆直立不倒，载浮载沉，茶色颇淡，但入口香浓，直透脏腑，真是好茶！只是太贵了。一杯茶，一块大洋，比吃一顿饭还贵。狮峰茶名不虚传，但不得虎跑水不可能有这样的味道。我自此方知道，喝茶，水是至关重要的。

我喝过的好水有昆明的黑龙潭泉水。骑马到黑龙潭，疾驰之后，下马到茶馆里喝一杯泉水泡的茶，真是过瘾。泉就在茶馆檐外地面，一个正方的小池子，看得见泉水咕嘟咕嘟往上冒。井冈山的水也很好，水清而滑。有的水是"滑"的，"温泉水滑洗凝脂"并非虚语。井冈山水洗被单，越洗越白；以泡"狗古脑"茶，色味俱发，不知道水里含了什么物质。天下第一泉、第二泉的水，我没有喝出什么道理。济南号称泉城，但泉水只能供观赏，以之泡茶，不觉得有什么特点。

有些地方的水真不好。比如盐城。盐城真是"盐城"，水是咸的，中产以上人家都吃"天落水"。下雨天，在天井上方张了布幕，以接雨水，存在缸里，备烹茶用。最不好吃的水是菏泽，菏泽牡丹甲天下，因为菏泽土中含碱，牡丹喜碱性土。我们到菏泽看牡丹，牡丹极好，但茶没法喝。不论是青茶、绿茶，沏出来一会儿就变成红茶了，颜色深如酱油，入口咸涩。由菏泽往梁山。住进招待所后，第一件事便是赶紧用不带碱味的甜水沏一杯茶。

老北京早起都要喝茶，得把茶喝"通"，这一天才舒服。无论贫富，皆如此。一九四八年我在午门历史博物馆工作。馆里有几位看守员，岁数都很大了。他们上班后，都是先把带来的窝头片在炉盘上烤上，然后轮流用水余坐水沏茶。茶喝足了，才到午门城楼的展览室里去坐着。他们喝的都是花茶。

北京人爱喝花茶，以为只有花茶才算是茶（北京很多人把茉莉花叫作"茶叶花"）。我不太喜欢花茶，但好的花茶例外，比如老舍先生家的花茶。

老舍先生一天离不开茶。他到莫斯科开会，苏联人知道中国人爱喝茶，倒是特意给他预备了一个热水壶。可是，他刚沏了一杯茶，还没喝上几口，一转脸，服务员就给倒了。老舍先生很愤慨地说："他妈的！他不知道中国人喝茶是一天喝到晚的！"一天喝茶喝到晚，也许只有中国人如此。外国人喝茶都是论"顿"的，难怪那位服务员看到多半杯茶放在那里，以为老先生已经喝完了，不要了。

龚定庵以为碧螺春天下第一。我曾在苏州东山白勺"雕花楼"喝过一次新采的碧螺春。"雕花楼"原是一个华侨富商的住宅，楼是进口的硬木造的，到处都雕了花，八仙过海、福禄寿三星、龙、凤、牡丹……

真是集恶俗之大成。但碧螺春真是好。不过茶是泡在大碗里的，我觉得这有点煞风景。后来问陆文夫，文夫说碧螺春就是讲究用大碗喝的。茶极细，器很粗，亦怪！

我还在湖南桃源喝过一次擂茶。茶叶、老姜、芝麻、米，加盐放在一个擂钵里，用硬木的擂棒"擂"成细末，用开水冲开，便是擂茶。

菜可入馔，制为食品。杭州有龙井虾仁，想不恶。裘盛戎曾用龙井茶包饺子，可谓别出心裁。日本有茶粥。《俳人的食物》说俳人小聚，食物极简单，但"唯茶粥一品，万不可少"。茶粥是啥样的呢？我曾用粗茶叶煎汁，加大米熬粥，自以为这便是"茶粥"了。有一阵子，我每天早起喝我所发明的茶粥，自以为很好喝。四川的樟茶鸭子乃以柏树枝、樟树叶及茶叶为熏料，吃起来有茶香而无茶味。曾吃过一块龙井茶心的巧克力，这简直是恶作剧！用上海人的话说：巧克力与龙井茶实在完全"弗搭界"。

一九八九年九月十六日

茶馆

缪崇群

每个城市里都有茶馆，就是一个小小的村镇罢，杂货店尽可以阙如，而茶馆差不多是必备的。一个地方的形形色色，各种各样的荟萃，恐怕除了到茶馆去作巡礼之外，再也没有别的适当的所在了。

在南京，大人先生们吃咖啡和红茶的地方不算，听女人唱曲子，又叫你看她的脸蛋儿，又给你茶吃的地方也不在此数。我所说的就是在这条从古便有，而且到如今还四远驰名的秦淮河畔夫子庙的左右，贡院的近边，一座一座旧式的建筑物，或楼，或台，或居，或阁，或园……都是有着斗大的字的招牌：有奇芳，有民众，有得月，有六朝……这些老的、道地的带着南京魂的茶馆。

喝茶，并不是我所好的一件事，不过这些古雅的招牌，确曾给我一种诱惑和玄想；如果有人对我说某爿茶馆里还留着一个当初朱洪武喝水用的粗大碗，或是某一个朝代御厨房里的破抹布我都会相信而神往，即使买一张门票进去看看也无不可的。不过这与喝茶是截然的两回事，也许有一种考据癖的人，为考据考据某一块招牌的来历、馆主人的底细，竟走了进去泡一碗茶吃，那就不在此例了。

进茶馆的人，起码是要求一点自由自在的，像北京的茶馆里要贴上
"莫谈国事"的红纸条子，那是一种限制，反过来说，也未必不是给人
一种方便——国事者国是也，张三谈它，李四论它，混淆听闻，免不了
捉将官里去，便惹得大家麻烦了。这里的茶馆倒没有"莫谈国事"的限
制，不过走进门来，却常常碰见八个字：

本社清真，荤点不入。

其实，上茶馆的原无须谈什么国事；谈国事的差不多是老爷，老爷
们又无须上茶馆了。上茶馆的如果只要不用荤点，那么在教的可以来，
出家的也可以来了，大家都得着了方便。上面那八个大字，实际上恐怕
还是以广招徕的一种作用罢。

茶，从早卖到天黑为止，客人总满座，并且像川流般的一刻也不停
息。上午九十点钟和下午三四点钟的光景，茶馆简直成了蜂窝：那么多
的蜂子向里头钻，又是那么多的蜂子朝外边拥。到了星期日便更热闹起
来，如果用譬喻，就只好说蜂群和蜂群打起仗来，蜂窝的情形你再想想
看罢。

在我的最无聊的日子中，我有时也作了一个无头似的蜂子向外边
飞，嗅着了那有着雪茄烟和粉脂香的"高贵"的地方连连打着嚏喷回
来，撞着了窝一般的地方便把自己当作了他们的一员了。

听见了嗡嗡不绝的声音以后，我不但觉得神情自由起来，而且立刻

有些飘飘然了。坐定了，我看见壁上挂着两块横额：

竹炉汤沸

如听瓶笙

典故我懂得的极少，因为茶馆进了几回，对于这两块横额上的句子的意思和出处，仿佛才渐渐领会了一点滋味。我拿蜂子比茶馆的情景，也许是太俗太伤雅了。

楼上喝的大约是"贡针"，每碗小洋七分。楼下的便宜一分，不知道是不是因为茶叶稍次一点的缘故，或者故意地以一分小洋作成一个等级。我以为等级不等级的倒算不了一回事，怕上楼的人还可以省一分钱，正如同近视眼的人去看影戏，你请他坐在后面他反不高兴似的。

无论楼上或是楼下，茶房对于客人的待遇却是有着一种显而易见的记号。不在乎的随他，不懂得的也就根本无所谓了。

这是由我的观察而来的（我可没有看过什么《茶经》，我想《茶经》上也绝不会有这种记载或分类），在同一个茶馆，甚至于同一个茶桌上面，我们可以找出三种不同的茶具：

一、紫色的宜兴泥的壶泡茶，大红盖碗或小白杯子喝茶。

二、大红盖碗泡茶，大红盖碗喝茶。

三、大红盖碗泡茶，小白杯子喝茶。

这三种不同的茶具，大约是代表着三种不同性质的茶客。第一种是老而又熟，来得也早。差不多还是上午、下午都到的主顾。第二种则不外是熟人，资格虽不见得比上边的那种老，但在地面上或许都有些为人所知的条件：当杠夫的头目也罢；当便衣的候补侦探也罢；当鸭子店的老板也罢……因为事忙，不常来，来时又迟，宜兴壶分不到他的份上，于是把泡茶的大红盖碗给他当吃茶的杯子，不能不说恭而且敬了。第三种便是普通一般的茶客，为喝茶而来，渴止而去。

除了第一种之外，其余两种的大红盖碗底下，都配着一个茶托子，这托子的用处并不专在托茶，它还附带着是一种账目的标记，如果账目已经付清，那么它也就被拿走了。在这种约法之下，我想，倘使有人把这茶托子悄悄地带走，白吃一次茶，叫他无证可据，倒是一件歹人的喜事哩。好在这种歹人或许并没有，否则真是"防不胜防"了。不过把三种茶客比较起来，后两种的信用在茶房的眼中恐怕总不会比上第一种的。他们用宜兴壶泡茶，而壶底下压根儿也不曾有过一个什么壶托子的。

虽然是茶馆，但变相的也可以算作一个商场。吃的东西有干丝、面、舌头形样的烧饼、糖果、纸烟……用的东西有裤腰带、毛刷子、捶背的皮球、孩子们的玩具……还有，那一只一只黝黑的手，伸到你的面前，不是卖的，你拿一个铜元放在那手的中心，它便微颤着缩回去了，你愿意顺着那只手看到他的脸么？你将看见了什么呢？正是当着你的所谓"茶余饭后"，那一道一道从枯瘪了的眼睛里放射出来的饥饿的光芒！你诅咒他么？你也知道他在诅咒着谁么？……

有一次，有一个人问我要不要好货，说着，他小心翼翼地打开一个提箱，提箱里又是几个包来包去的包儿，结果拿出了一副一副的眼镜子。

"你看，真水晶，平光，只卖十二块钱一副，再公道没有了。"

他看我不作声，眼睛不住地盯着他，知道我的眼睛不像戴眼镜的样子，转身又走了。眼镜卖到茶馆里来，我感觉到上茶馆仿佛是一件颇需明察的事了。

卖眼镜的既有，还可惜没有看见人来镶牙。

其次，卖印着女人们大腿的画报特别多；卖耳挖的也特别多。

在茶馆里最好懂得当地人的话，留心一点旁人的举止，对于自己也是有乖可学的。有一次一个邻坐的茶客啰啰嗦嗦说：

"……太难了，鼻子怎么也不能大似脸的；鼻子还能大似脸吗？"

此后，我知道茶资七分，小账顶多也过不去七分了。茶房历来是贪多无厌，我心里已经记住了这样的俏皮话，将来足可以对茶房如法炮制了。

好在我也不想喝他们的宜兴壶或大红盖碗，我这个茶客是可有可无，算不上数；不过要真的把鼻子逞得像脸那么大，甚至于比脸还大时，我想那宜兴壶和红盖碗在茶房眼光中又是可有可无，算不上什么了——他们自然而然地会把你标志上第一、二种的好主顾，把那紫泥壶和红盖碗端在你的面前了。

如果不走这条捷径的话，我想等罢，那时候我将有着长白的胡须，或者也可以给他们写上一两块新鲜的横额了？

一九二三,六,十八,京

喝茶

金受申

品茶与饮茶

茶道在中国已有千年以上的历史，向来以"品茶"和"饮茶"分为不同的"茶道"。陆羽作《茶经》，即谈的是品茶。换句话说即是欣赏茶的味道、水的佳劣、茶具的好坏（日本人最重此点），以为消遣时光的风雅之举。善于品茶，要讲究五个方面：第一须备有许多茶壶茶杯。壶如酒壶，杯如酒杯，只求尝试其味，借以观赏环境物事的，如清风、明月、松吟、竹韵、梅开、雪霁……并不在求解渴，所以茶具宜小。第二须讲蓄水。什么是惠山泉水，哪个是扬子江心水，还有初次雪水，梅花上雪水，三伏雨水……何种须现汲现饮，何种须蓄之隔年，何种须埋藏地下，何种必须摇动，何种切忌摇动，都有一定的道理。第三须讲茶叶。何谓"旗"，何谓"枪"，何种须"明前"，何种须"雨前"，何地产名茶，都蓄之在心，藏之在箧，遇有哪种环境，应以哪种水烹哪种茶，都是一毫不爽的。至于所谓"红绿花茶""西湖龙井"之类，只是平庸的俗品，尤以"茉莉双窨"，是被品茶者嗤之以鼻的。第四须讲烹茶煮水的功夫。何种火候一丝不许稍差。大致是："一煮如蟹眼"，指其水面生泡而言，"二煮如松涛"，指其水沸之声而言。水不及沸不能饮，太沸失其水味、败其茶香，亦不能饮。至于哪种水用哪种柴来烧，也是有相当研究的。第五须讲品茶的功夫。茶初品尝，即知其为某种茶叶，再则闭目仔细品尝，即知其水质高下，且以名茶赏名景，然后茶道尚矣！

至于饮茶者流，乃吾辈忙人解渴之谓也。尤以北方君子，茶具不厌其大，壶盛十斗，碗可盛饭，煮水必令大沸，提壶浇地听其声有"噗"音，方认为是开水。茶叶则求其有色、味苦，稍进焉者，不过求其有鲜茉莉花而已。如在夏日能饮龙井，已为大佳，谓之"能败火"。更有以龙井茶加茉莉花者，以"龙睛鱼"之名加之，谓之"花红龙井"，是真天下之大噱头也。至于沏茶功夫，以极沸之水烹茶犹恐不及，必高举水壶直注茶叶，谓不如是则茶叶不开既而入碗中，视其色淡如也，又必倾入壶中，谓之"砸一砸"。更有专饮"高碎""高末"者流，即喝不起茶叶，喝生碎茶叶和茶叶末。有的人还有一种论调，吃不必适口而必充肠之食，必需要茶，将"高碎"置于壶，蔗糖置于碗，循序饮之，谓之"能消食"。

还有一种介于品茶与饮茶之间的，若说是品茶，又蠢然无高雅思想，黯然无欣赏情绪。若说是饮茶，而其大前提并不为解渴，而且对于茶叶的佳劣，辨别得非常消楚，认识得非常明确，尤其是价钱更了如指掌，这就是茶叶铺的掌柜或大伙计。

每逢茶庄有新的茶样到来，必于柜台上罗列许多饭碗，碗中放茶叶货样少许，每碗旁并放与碗中相同的茶样于纸上，以资对照与识别。然后向碗中注沸水，俟茶叶泡开，茶色泡透，凡本柜自认为能辨别佳劣的人物，都负手踱至柜前，俯身就碗，仔细品尝。舌吸唇击，啧啧有声。其谱儿大者又多吸而唾于地上，谓之"尝货样"。大铺尝货样多在后柜，小铺多在前柜，实在是有意在顾主面前炫耀一番。

茶叶庄

北京茶行，十之九皆为安徽人，所谓"茶叶某家"的便是，有名者为：吴家、汪家、方家、罗家、胡家、程家几姓，而安徽人中尤以歙县为主，所以北京的歙县义地便由茶叶吴家负责典守。外省外县人极难经营茶行，即使有人开茶店，亦须请皖歙人帮忙，如庆隆茶庄就是由皖人相助而由河北安次县人开的。近年更有山西人在京经营茶店的，以前是海味店代营茶叶，后又改为茶店代营海味，一切采办、尝样、主持全是山西人。因安徽为产茶名区，歙县附近尤盛，所以歙人多业茶。北京的大茶店在茶山附近设"坐庄"采办新茶，也有包一角茶山的。小一点的茶店在天津坐庄，更小一点的便向津方茶行批购。天津是北方几省最大的茶叶集散地。到茶山坐庄的人一定要懂得各色茶叶的好坏，价值的涨落，在京销售情形，以定采办数目。更需与茶山厮熟，道途通晓，周转资金灵活。每年要往来京皖或京津，所以皖歙人业此最宜。

茶叶的种类

北京人常喝的茶叶可分为六大类：

（一）**茉莉香茶** 包括所有经过茉莉花窨焙的香片茶。其中细目不下二三十种，以"蒙山云雾""蒙山仙品"为最佳，以次有"黄山风眉""黄山仙雾""双窨梅蕊""双窨茗芽""老竹大方""铁叶大方"等，此类香片茶有的也曾充贡品，由两淮盐运使呈进，以黄山所产为主。至于此类四个字的雅名，只是茶店对顾客的介绍，实际内行另有简名。即购者也只说要多少钱一斤的龙井或香片，没有呼名的。

（二）**珠兰清茶** 茶经窨制则失茶味，但不经窨制又只觉苦涩，而珠兰茶可缓其冲。此类茶叶另销一部分嗜爱者，并非普通人的喜好。珠兰茶在茶店呼为"兰窨"，有"兰窨岩顶""兰窨蛾眉""兰窨宝珠"等，有一二十种名称。京人通称为"连蕊"，写于茶馆茶牌上的，只是珠兰茶中的一种名称。珠兰茶颜色清淡而非龙井，亦非素茶，非静心人不能辨其妙点。

（三）**武夷红茶** 红茶为熟茶的一种，冬天饮之能祛寒暖腹。此种茶向为旧京人所不喜欢，一般家庭中极为少见。自欧风东渐，跳舞厅、咖啡馆里都有了红茶，西餐馆用红茶代替咖啡，有时还加牛奶、砂糖，于是红茶大走"红运"，茶食店中有了红茶，新家庭中也预备下红茶，但早茶晚酒之士是不屑问津的。红茶以"铁观音""上下岩茶"为最佳，以次有"龙须""白毫""红寿""九曲君眉""桂花红眉""大红袍""红雨淋"，名色佳隽、更有做成茶团或茶束成对计价的，如"水鲜龙团""武夷龙须"等。

（四）**龙井绿茶**　茶店以"红绿花茶"四字为号召，红即红茶，绿则指龙井及六安素茶。

龙井茶自以西湖龙井所产得名，但龙井地大不过一顷，能有多少茶树？即西湖近处亦不见得能喝着真龙井，何况远隔数千里，几元钱就能买一斤呢！茶店将龙井叫作"龙茶"，倒实际一些。按等级分，最好的是"超等龙茶"，其次才是"西湖龙井""明前贡龙""春分贡龙"等。绿茶尚有"洞庭碧螺""四望攀针""六安梅片""六安针晃""六安春茶"等，最次的是"大广丁"。

（五）**各种花茶**　茶店中花茶以菊花为正宗，有"贡菊""黄菊""白菊"等，统名之为茶菊，和药店所售有粗细之别。此外"霍山石斛"也列入花茶之中，但价值高昂，多有不预备的。花茶还有"枸橼茶""野蔷薇茶""桑顶茶""桑芽茶""苦丁茶""玫瑰花""安化贡尖"等类。至于窨茶中的茉莉花、珠兰花，也叫花茶。近年苏州首以"玳玳花"入茶，渐传北方，玳玳花已成今日茶店中必有品了。

（六）**普洱茶**　昔盛今衰的普洱茶产自云南的普洱，种类也不少，以"蛮松芽茶"为最佳，次为"蛮松普"。它的装制与一般茶叶不同，装成茶饼的名"七星饼"，装成茶砖的名"普洱茶砖"，装成茶膏的有"普洱茶膏"。装成茶团的，分大小两种，大的重百两，名"百两普洱团"，小的可以零星称用，名"普洱星团"。喝普洱茶必须熬煎，有时还要加姜片，为边塞旅行的必备之品。

茶叶在产地采摘以后即经人工择制。红茶更须经过炒、晒、蒸等手续，茶的寒性全被涤净。其他窨茶、绿茶则稍经加工即直运各地，所谓双窨是到销地以后重加茉莉花窨蒸，花的数量要与茶成比例，过多过少皆不可。窨焙有一定时间，大约为一对时（二十四小时），至时开封。不及时味不佳，稍过时味亦变臭，即香极生臭之理。

北京的水

北京人喝茶，对于水虽不讲究，而实亦顾及此点。早年北京没洋井及自来水（北京第一个洋井，说者虽皆以耳闻目见为说，实仍以十二条西口刘家洋井为最早最佳，主人刘五，山东人，能画马，而隐于商贩），普通井水，虽不是土井，是砖井，仍以苦水为最多，那时八旗军家，四季发米，全是老米（俸米是白米），煮老米饭，应以使苦水为香越，所以苦水也为人所重视。做菜做汤，有时用甜水或"二性子"水，洗衣涤器浇花，则以二性子水为主，至于烹茶，才用甜水。够不上甜水井，家道又贫寒的人家，也以二性子代甜水。早年北京井水，因汲浚不深，所以成为苦水，水苦涩有碱性，昔年最多。二性子水较苦水稍佳，介于甜苦之间，井数较苦水井为少。甜水井最少，甜水井固然是汲淘深的缘故，实也因当地适有佳泉。笔者曾饮"上龙"井水，上龙为昔日有名甜水之一，尚不如洋井之深，然甘洌过之，可见为地有佳泉之故。

早年挑水的山东人，聚处为"井窝子"，能得一二性子水，已能发财，人家向备两缸，一贮苦水，二贮二性子，中等人家，则另备一小坛，以贮甜水，大家则摒弃苦水不要。挑水的有专挑某种水的，有兼挑两三种水的，其专挑甜水的，则为水夫中翘楚。以前宫中例用玉泉山水，其有茶癖的，或和黄龙包袱水车夫交友，或许以金钱，以期得偶然盗用少许御水，但仍须在预定地点相候，有时且要迎出城老远的去。有的和玉泉山当差人员相识，可以取用一些。其各府第，自以水车每日向各甜水井拉水。"大甜水井"一处，每日可卖水费五十三两整宝一个。那时北京有一俗谚是"南城茶叶北城水"，所谓北城，盖指安定门外而言。安定门外甜水甚多，当是地脉所关，以"上龙""下龙"二处为最佳。二井相离，不足二百步，上龙在北，下龙在南，现在下龙已然填埋，屋宇无存，上龙仍由毛三兄支持开茶肆。安定门外下关北口外，地当小关之内，有甘水桥甜水井一处，此井由元明以来即有名，甘水桥尚是元代旧名，以明代为最热闹，文人墨客，常在此吃茶，久之百戏杂陈，几成闹市（明代公安派文人所游之地，至今仍有茶可吃者，只剩西直门外白石桥一处了）。到清代虽没有以前的繁华，卖甜水是仍旧的，直至洋井盛行，此处立刻冰消了。安定门外角楼北土城边还有一处"满井"，水齐井口，俯身可饮，水更清甜，此地在明代也是文人常到的地方，也相当热闹，在清代却寂寞无闻，也没人在此取水。此井现在仍存，附近土地滋润，清幽异常。前几年曾和门人王永海三数人前往，自携试验化学用的汽油炉及茶具酒果，在此踏过青，难得并无主人相问，极有清幽的趣味。

茶　具

北京人虽不讲究泡茶的水，也相当能分别水的佳劣的。北京人是喝茶，而不是品茶，所以茶具不能十分太小、太讲究，但也有以喝茶为目标，而在小茶具、细瓷器上注意的。北京喝茶，茶壶也以小为目标，但既为喝茶，自以能蓄茶为主，所以能有暖套为佳。暖套例为藤编其外，内衬毡絮，以红喀喇为里，居家行旅，无不相宜，只茶馆中不预备此物。茶壶通以瓷质，老家庭也有用铜壶的，而皆说锡茶壶贮茶不败味。商店中也有小号生铁壶沏茶的，即驰名四远的"山西黑小子"，形作荸荠扁形，实为煮水之用。有一般似乎讲究的，以用宜兴紫砂壶为贵，宜兴壶固佳，但难得精致小品，且多伪制，泥味历久不退。也有用银壶的，此风近年始盛。晚清兴一种磁铁壶及一种茶壶盖碗两用的茶具，实皆宜于靠茶，讲究者不用。前清茶具，有所谓"折盅盖碗"者，盖碗为一盖一底，盖小于底，在其中泡茶，量小适于细饮。且用盖碗，稍显外行，则不但斟不出茶来，反要洒落身上，有时还要摔掉。必须以大指中指卡住两面碗边，食指圈回，顶住碗盖，盖前方稍下沉，即能一丝不洒地斟出茶来。折盅为令茶速凉，乃待客及对付妇孺之需，是仆婢的专差。一般不肖子弟，在盖碗中也要出花样，外绘花卉山水人物、名人手笔，内绘避火图两幅，六碗为一桌，装一锦匣。以六碗内图相同的为下品，六碗备异共十二式的为中品，十二碗二十四式的为上中品，二十四碗四十八式为上上品。有一暴发户财主，也要玩玩名瓷，便买了一套上上品四十八式的，后其家败落，此物独得善价，此公也不为无见了。

关于茶碗，普通都是瓷碗，而旧称为茶盅的缘故，一则物小，二则完全没把似酒盅，其岔沿豆绿色、茶叶末色、芝麻色的，人则称为茶碗。近年托茶碗的有茶碟，早年则有"茶托""茶船"，全为锡质，也有铜质。其圆形中央有一放碗足小圈的，或荷叶边的，名为茶托；其为元宝形、两头高高翘起的，名为茶船。

北京泡茶，通称为沏茶，以先放茶叶后注水为沏，先注水后放茶叶为泡，北京则无论用茶壶或盖碗，皆用沏的方式。其专爱喝酽茶的，先将沏成的茶，喝过几遍，然后倾入砂壶中，上火熬煮，则茶的苦味黄色尽出，谓之"熬茶"。熬茶适用于山茶，所用砂壶，价值最廉，通称为"砂包"，为中产以上所不睬、富贵人家所不识，而颇利于茶味，乡间野茶馆常用砂包为客沏茶，冬夏皆宜。和熬茶差不多的，有所谓靠茶，靠茶即将茶壶置于火傍，使其常温，时久也靠出茶色来。熬茶可以用武火，靠茶不但用文火，简直不必见火，只借火热便可。

伪　茶

北京西山附近一带，有山中人扛荷席篓荆筐，内实所谓山茶，脱售于当地。村民因其价廉，争相购饮。后京茶庄以山茶羼入真茶劣品中，是为伪茶。山茶产于京西翠微西北山套中，过上方山往南便逐渐少了。山茶的原料最初以紫荆为主（紫荆，北京人称为"荆条"，山里人称为"荆蒿"），采其嫩芽晒干，不需蒸焙即可出山售卖。喝山茶的，必须用砂包熬着喝，越靠茶叶越浓，尤以冬日喝山茶更为深厚有趣。

初期的紫荆芽茶尚称不恶，后以销售发达，饮者渐多，遂将已成小叶的紫荆大芽加入，且多加荆枝，以压分量，但仍不失原味。再后乃有杂质加入，但山中人不采夏日长叶，亦不采秋后小叶，只采春日嫩芽，因紫荆花芽虽可代茶，而紫荆则颇有毒质，偶有不慎，与肉类同食，即易致死。西山龙泉坞一带，产杏颇多，山中人每于冬末春初，拾取隔年陈杏，用以泡茶，绝无酸味，而有一缕清香气息，饮之令人心远。

拾此干杏，又必须经过雪压，方能有味，于是拾得售卖，人以"踏雪寻梅"称之。我与翁偶虹兄于民十五在小楼流连时，日以此物加著中饮之，想偶虹尚能记及罢！山茶杂质中，以"剪子股"草、"酸不溜"草、"苣荬菜"为三大原料，其他树叶是绝不加入的。后城里人见山茶可以混充茶内以求厚利，始而收买山茶，选净粗枝，批售茶行，颇能鱼目混珠。后乃广收"嫩酸枣叶"，继则一切嫩枣叶皆可，再则嫩柳叶亦可加入，经过炮制，反成为中等以上的茶叶，是为高等伪茶了。

此种假茶的制法是：将采得的芽叶洗净晒成半干，然后上笼屉用火蒸，至二分熟。倾出再晒，至半干再蒸，每蒸晒一次，熟的成分即加一分，七蒸七晒芽叶已成稀烂，触手欲碎，所谓"烂成软鼻涕"程度，倾在席上阴至九分干，以手搓成茶叶卷，置于瓷罐中闷放。闷置愈久，茶味愈佳。此种用酸枣芽、枣芽、柳芽所制的伪茶，亦以此顺序排成等级，成为"龙井绿茶"或介于茉莉窨茶和绿茶之间的大方茶，外行人绝喝不出邪味，其茶品亦可列在中等之间。不过真正讲究名誉的大茶店是不肯以此损坏名誉的。

近年西山下画眉山一带村民，亦觉紫荆山茶只适于冬日，夏日应饮龙井茶以清心火，于是也仿效制枣芽的"伏地龙井茶"。但自制柳叶茶的很少，这是不肯自欺而已。伏地绿茶畅行以后，于是又设法制窨茶，便采剪子股、酸不溜、苣荬菜诸草叶，加以焙制。

伪制大路货的粗茶，更有采嫩榆树叶、嫩椿树叶的。榆树叶没有特殊味，椿叶有臭味，需经加工处理。京西斋堂以西群山中，制伪茶者以其物易得，遂将嫩椿叶采取后，反复蒸晒至六七次除去青气臭味，再泼上大量的姜黄水。沏出茶来，色作浓赤者，味苦如大黄，以售下级饮客。

　　窨真茶向在产花区的丰台诸村，制伪茶的原在广安门内，后因伪茶也需窨制，移到窨真茶的丰台附近了。

第四辑

园

从百草园到三味书屋

鲁　迅

　　我家的后面有一个很大的园，相传叫作百草园。现在是早已并屋子一起卖给朱文公的子孙了，连那最末次的相见也已经隔了七八年，其中似乎确凿只有一些野草；但那时却是我的乐园。

　　不必说碧绿的菜畦，光滑的石井栏，高大的皂荚树，紫红的桑椹；也不必说鸣蝉在树叶里长吟，肥胖的黄蜂伏在菜花上，轻捷的叫天子（云雀）忽然从草间直窜向云霄里去了。单是周围的短短的泥墙根一带，就有无限趣味。油蛉在这里低唱，蟋蟀们在这里弹琴。翻开断砖来，有时会遇见蜈蚣；还有斑蝥，倘若用手指按住它的脊梁，便会啪的一声，从后窍喷出一阵烟雾。何首乌藤和木莲藤缠络着，木莲有莲房一般的果实，何首乌有臃肿的根。有人说，何首乌根是有像人形的，吃了便可以成仙，我于是常常拔它起来，牵连不断地拔起来，也曾因此弄坏了泥墙，却从来没有见过有一块根像人样。如果不怕刺，还可以摘到覆盆子，像小珊瑚珠攒成的小球，又酸又甜，色味都比桑椹要好得远。

　　长的草里是不去的，因为相传这园里有一条很大的赤练蛇。

长妈妈曾经讲给我一个故事听：先前，有一个读书人住在古庙里用功，晚间，在院子里纳凉的时候，突然听到有人在叫他。答应着，四面看时，却见一个美女的脸露在墙头上，向他一笑，隐去了。他很高兴；但竟给那走来夜谈的老和尚识破了机关。说他脸上有些妖气，一定遇见"美女蛇"了；这是人首蛇身的怪物，能唤人名，倘一答应，夜间便要来吃这人的肉的。他自然吓得要死，而那老和尚却道无妨，给他一个小盒子，说只要放在枕边，便可高枕而卧。他虽然照样办，却总是睡不着，——当然睡不着的。到半夜，果然来了，沙沙沙！门外像是风雨声。他正抖作一团时，却听得豁的一声，一道金光从枕边飞出，外面便什么声音也没有了，那金光也就飞回来，敛在盒子里。后来呢？后来，老和尚说，这是飞蜈蚣，它能吸蛇的脑髓，美女蛇就被它治死了。

结末的教训是：所以倘有陌生的声音叫你的名字，你万不可答应他。

这故事很使我觉得做人之险，夏夜乘凉，往往有些担心，不敢去看墙上，而且极想得到一盒老和尚那样的飞蜈蚣。走到百草园的草丛旁边时，也常常这样想。但直到现在，总还是没有得到，但也没有遇见过赤练蛇和美女蛇。叫我名字的陌生声音自然是常有的，然而都不是美女蛇。

冬天的百草园比较的无味；雪一下，可就两样了。拍雪人（将自己的全形印在雪上）和塑雪罗汉需要人们鉴赏，这是荒园，人迹罕至，所以不相宜，只好来捕鸟。薄薄的雪，是不行的；总须积雪盖了地面一两天，鸟雀们久已无处觅食的时候才好。打开一块雪，露出地面，用一枝短棒支起一面大的竹筛来，下面撒些秕谷，棒上系一条长绳，人远远地牵着，看鸟雀下来啄食，走到竹筛底下的时候，将绳子一拉，便罩住了。但所得的是麻雀居多，也有白颊的"张飞鸟"，性子很躁，养不过夜的。

这是闰土的父亲所传授的方法，我却不大能用。明明见它们进去了，拉了绳，跑去一看，却什么都没有，费了半天力，捉住的不过三四只。闰土的父亲是小半天便能捕获几十只，装在叉袋里叫着撞着的。我曾经问他得失的缘由，他只静静地笑道："你太性急，来不及等它走到中间去。"

我不知道为什么家里的人要将我送进书塾里去了，而且还是全城中称为最严厉的书塾。也许是因为拔何首乌毁了泥墙罢，也许是因这将砖头抛到间壁的梁家去了罢，也许是因为站在石井栏上跳了下来罢，……都无从知道。总而言之：我将不能常到百草园了。Ade，我的蟋蟀们！Ade，我的覆盆子们和木莲们！……

出门向东，不上半里，走过一道石桥，便是我的先生的家了。从一扇黑油的竹门进去，第三间是书房。中间挂着一块扁道：三味书屋；扁下面是一幅画，画着一只很肥大的梅花鹿伏在古树下。没有孔子牌位，我们便对着那扁和鹿行礼。第一次算是拜孔子，第二次算是拜先生。

第二次行礼时，先生便和蔼地在一旁答礼。他是一个高而瘦的老人，须发都花白，还戴着大眼镜。我对他很恭敬，因为我早听到，他是本城中极方正，质朴，博学的人。

不知从哪里听来的，东方朔也很渊博，他认识一种虫，名曰"怪哉"，冤气所化，用酒一浇，就消释了。我很想详细地知道这故事，但阿长是不知道的，因为她毕竟不渊博。现在得到机会了，可以问先生。

"先生，'怪哉'这虫，是怎么一回事？……"我上了生书，将要退下来的时候，赶忙问。

"不知道！"他似乎很不高兴，脸上还有怒色了。

我才知道做学生是不应该问这些事的，只要读书，因为他是渊博的宿儒，决不至于不知道；所谓不知道者，乃是不愿意说。年纪比我大的人，往往如此，我遇见过好几回了。

我就只读书，正午习字，晚上对课。先生最初这几天对我很严厉，后来却好起来了，不过给我读的书渐渐加多，对课也渐渐地加上字去，从三言到五言，终于到七言。

三味书屋后面也有一个园，虽然小，但在那里也可以爬上花坛去折蜡梅花，在地上或桂花树上寻蝉蜕。最好的工作是捉了苍蝇喂蚂蚁，静悄悄地没有声音。然而同窗们到园里的太多，太久，可就不行了，先生在书房里便大叫起来：

"人都到哪里去了？！"

人们便一个一个陆续走回去；一同回去，也不行的。他有一条戒尺，但是不常用，也有罚跪的规则，但也不常用，普通总不过瞪几眼，大声道：

"读书！"

于是大家放开喉咙读一阵书，真是人声鼎沸。有念"仁远乎哉我欲仁斯仁至矣"的，有念"笑人齿缺曰狗窦大开"的，有念"上九潜龙勿用"的，有念"厥土下上上错厥贡包茅橘柚"的……。先生自己也念书。后来，我们的声音便低下去，静下去了，只有他还大声朗读着：

"铁如意，指挥倜傥，一座皆惊呢……；金叵罗，颠倒淋漓噫，千杯未醉嗬……"

我疑心这是极好的文章，因为读到这里，他总是微笑起来，而且将头仰起，摇着，向后面拗过去，拗过去。

先生读书入神的时候，于我们是很相宜的。有几个便用纸糊的盔甲套在指甲上做戏。我是画画儿，用一种叫作"荆川纸"的，蒙在小说的绣像上一个个描下来，像习字时候的影写一样。读的书多起来，画的画也多起来；书没有读成，画的成绩却不少了，最成片段的是《荡寇志》和《西游记》的绣像，都有一大本。后来，因为要钱用，卖给一个有钱的同窗了。他的父亲是开锡箔店的；听说现在自己已经做了店主，而且快要升到绅士的地位了。这东西早已没有了罢。

九月十八日

公园

萧 红

树叶摇摇曳曳地挂满了池边。一个半胖的人走在桥上，他是一个报社的编辑。

"你们来多久啦?"他一看到我们两个在长石凳上就说，"多幸福，像你们多幸福，两个人逛逛公园……"

"坐在这里吧。"郎华招呼他。

我很快地让一个位置。但他没有坐，他的鞋底无意地踢撞着石子，身边的树叶让他扯掉两片。他更烦恼了，比前些日子看见他更有点两样。

"你忙吗? 稿子多不多?"

"忙什么! 一天到晚就是那一点事，发下稿去就完，连大样子也不看。忙什么，忙着幻想!"

"幻想什么? ……这几天有信吗?"郎华问他。

"什么信! 那……一点意思也没有，恋爱对于胆小的人是一种刑罚。"

让他坐下，他故意不坐下；没有人让他，他自己会坐下。于是他又用手拔着脚下的短草。他满脸似乎蒙着灰色。

"要恋爱，那就大大方方地恋爱，何必受罪？"郎华摇一下头。

一个小信封，小得有些神秘意味的，从他的口袋里拔出来，拔着蝴蝶或是什么会飞的虫儿一样，他要把那信给郎华看，结果只是他自己把头歪了歪，那信又放进了衣袋。

"爱情是苦的呢，是甜的？我还没有爱她，对不对？家里来信说我母亲死了那天，我失眠了一夜，可是第二天就恢复了。为什么她……她使我不安会整天，整夜？才通信两个礼拜，我觉得我的头发也脱落了不少，嘴上的小胡也增多了。"

当我们站起要离开公园时，又来一个熟人："我烦忧啊！我烦忧啊！"像唱着一般说。

我和郎华踏上木桥了，回头望时，那小树丛中的人影也像对那个新来的人说：

"我烦忧啊！我烦忧啊！"

我每天早晨看报，先看文艺栏。这一天，有编者的说话：

摩登女子的口红，我看正相同于"血"。资产阶级的小姐们怎样活着的？不是吃血活着吗？不能否认，那是个鲜明的标记。人涂着人的"血"在嘴上，那是污浊的嘴，嘴上带着血腥和血色，那是污浊的标记。

我心中很佩服他，因为他来得很干脆。我一面读报，一面走到院子里去，晒一晒清晨的太阳。汪林也在读报。

"汪林，起得很早！"

"你看，这一段，什么小姐不小姐，血不血的！这骂人的是谁？"

那天郎华把他做编辑的朋友领到家里来，是带着酒和菜回来的。郎华说他朋友的女友到别处去进大学了。于是喝酒，我是帮闲喝，郎华是劝朋友。至于被劝的那个朋友呢？他嘴里哼着京调，哼得很难听。

和我们的窗子相对的是汪林的窗子。里面胡琴响了。那是汪林拉的胡琴。

天气开始热了，趁着太阳还没走到正空，汪林在窗下长凳上洗衣服。

编辑朋友来了，郎华不在家，他就在院心里来回走转，可是郎华还没有回来。

"自己洗衣服，很热吧！"

"自己洗得干净。"汪林手里拿着肥皂答他。

郎华还不回来，他走了。

非正式的公园

老 舍

济南的公园似乎没有引动我描写它的力量,虽然我还想写那么一两句;现在我要写的地方,虽不是公园,可是却比公园强得多,所以——非正式的公园;关于那正式的公园,只好,虽然还想写那么一两句,待之将来。

这个地方便是齐鲁大学,专从风景上看。齐大在济南的南关外,空气自然比城里的新鲜,这已得到成个公园的最要条件。花木多,又有了成个公园的资格。确是有许多人到那里玩,意思是拿它当作——非正式的公园。

逛这个非正式的公园以夏天为最好。春天花多,秋天树叶美,但是只在夏天才有"景",冬天没有什么特色。

当夏天,进了校门便看见一座绿楼,楼前一大片绿草地,楼的四围全是绿树,绿树的尖上浮着一两个山峰,因为绿树太密了,所以看不见树后的房子与山腰,使你猜不到绿荫后边还有什么;深密伟大,你不由得深吸一口气。绿楼?真的,"爬山虎"的深绿肥大的叶一层一层地把楼盖满，只露着几个白边的窗户；每阵小风，使那层层的绿叶掀动，横着竖着都动得有规律，一片竖立的绿浪。

往里走吧，沿着草地——草地边上不少的小蓝花呢——到了那绿荫深处。这里都是枫树，树下四条洁白的石凳，围着一片花池。花池里虽没有珍花异草，可是也有可观；况且往北有一条花径，全是小红玫瑰。花径的北端有两大片洋葵，深绿叶，浅红花；这两片花的后面又有一座楼，门前的白石阶栏像享受这片鲜花的神龛。楼的高处，从绿槐的密叶的间隙里看到，有一个大时辰钟。

往东西看，西边是一进校门便看见的那座楼的侧面与后面，与这座楼平行，花池东边还有一座；这两座楼的侧面山墙，也都是绿的。花径的南端是白石的礼堂，堂前开满了百日红，壁上也被绿蔓爬匀。那两座楼后，两大片草地，平坦，深绿，像张绿毯。这两块草地的南端，又有两座楼，四周围蔷薇做成短墙。设若你坐在石凳上，无论往哪边看，视线所及不是红花，便是绿叶；就是往上下看吧：下面是绿草，红花，与树影；上面是绿枫树叶。往平里看，有时从树隙花间看见女郎的一两把小白伞，有时看见男人的白大衫。伞上衫上时时落上些绿的叶影。人不多，因为放暑假了。

拐过礼堂，你看见南面的群山，绿的。山前的田，绿的。一个绿海，山是那些高的绿浪。礼堂的左右，东西两条绿径，树荫很密，几乎见不着阳光。顺着这绿径走，不论是往西往东，你看见些小的楼房，每处有个小花园。园墙都是矮松做的。

春天的花多，特别是丁香和玫瑰，但是绿得不到家。秋天的红叶美，可是草变黄了。冬天树叶落净，在园中便看见了山的大部分，又欠深远的意味。只有夏天，一切颜色消沉在绿的中间，由地上一直绿到树上浮着的绿山峰，成为以绿为主色的一景。

废园外

巴 金

晚饭后出去散步，走着走着又到了这里来了。

从墙的缺口望见园内的景物，还是一大片欣欣向荣的绿叶。在一个角落里，一簇深红色的花盛开，旁边是一座毁了的楼房的空架子。屋瓦全震落了，但是楼前一排绿栏杆还摇摇晃晃地悬在架子上。

我看看花，花开得正好，大的花瓣，长的绿叶。这些花原先一定是种在窗前的。我想，一个星期前，有人从精致的屋子里推开小窗眺望园景，赞美的眼光便会落在这一簇花上。也许还有人整天倚窗望着园中的花树，把年轻人的渴望从眼里倾注在红花绿叶上面。

但是现在窗没有了，楼房快要倾塌了。只有园子里还盖满绿色。花还在盛开。倘使花能够讲话，它们会告诉我，它们所看见的窗内的面颜，年轻的，中年的。是的，年轻的面颜，可是，如今永远消失了。因为花要告诉我的不止这个，它们一定要说出八月十四日的惨剧。精致的楼房就是在那天毁了的。不到一刻钟的工夫，一座花园便成了废墟了。

我望着园子，绿色使我的眼睛舒畅。废墟么？不，园子已经从敌人的炸弹下复活了。在那些带着旺盛生命的绿叶红花上，我看不出一点被人践踏的痕迹。但是耳边忽然响起一个女人的声音："陈家三小姐，刚才挖出来。"我回头看，没有人。这句话还是几天前，就是在惨剧发生后的第二天听到的。

那天中午我也走过这个园子，不过不是在这里，是在另一面，就是在楼房的后边。在那个中了弹的防空洞旁边，在地上或者在土坡上，我记不起了，躺着三具尸首，是用草席盖着的。中间一张草席下面露出一只瘦小的腿，腿上全是泥土，随便一看，谁也不会想到这是人腿。人们还在那里挖掘。远远地在一个新堆成的土坡上，也是从炸塌了的围墙缺口看进去，七八个人带着悲戚的面容，对着那具尸体发愕。这些人一定是和死者相识的罢。那个中年妇人指着露腿的死尸说："陈家三小姐，刚才挖出来。"以后从另一个人的口里我知道了这个防空洞的悲惨故事。

一只带泥的腿，一个少女的生命。我不认识这位小姐，我甚至没有见过她的面颜。但是望着一园花树，想到关闭在这个园子里的寂寞的青春，我觉得心里被什么东西搔着似的痛起来。连这个安静的地方，连这个渺小的生命，也不为那些太阳旗的空中武士所宽容。两三颗炸弹带走了年轻人的渴望。炸弹毁坏了一切，甚至这个寂寞的生存中的微弱的希望。这样地逃出囚笼，这个少女是永远见不到园外的广大世界了。

花随着风摇头，好像在叹息。它们看不见那个熟习的窗前的面庞，一定感到寂寞而悲戚罢。

但是一座楼隔在它们和防空洞的中间，使它们看不见一个少女被窒息的惨剧，使它们看不见带泥的腿。这我却是看见了的。关于这我将怎样向人们诉说呢？

夜色降下来，园子渐渐地隐没在黑暗里。我的眼前只有一片黑暗。但是花摇头的姿态还是看得见的。周围没有别的人，寂寞的感觉突然侵袭到我的身上来。为什么这样静？为什么不出现一个人来听我愤慨地讲述那个少女的故事？难道我是在梦里？

脸颊上一点冷，一滴湿。我仰头看，落雨了。这不是梦。我不能长久立在大雨中。我应该回家了。那是刚刚被震坏的家，屋里到处都漏雨。

一九四一年八月十六日

公园

朱自清

英国是个尊重自由的国家，从伦敦海德公园（Hyde Park）可以看出。学政治的人一定知道这个名字；近年日报的海外电讯里也偶然有这个公园出现。每逢星期日下午，各党各派的人都到这儿来宣传他们的道理。公说公有理，婆说婆有理，井水不犯河水。从耶稣教到共产党，差不多样样有。每一处说话的总是一个人。他站在桌子上，椅子上，或是别的什么上，反正在听众当中露出那张嘴脸就成；这些桌椅等等可得他们自己预备，公园里的长椅子是只让人歇着的。听的人或多或少。有一回一个讲耶稣教的，没一个人听，却还打起精神在讲；他盼望来来去去的游人里也许有一两个三四个五六个……爱听他的，只要有人驻一下脚，他的口舌就算不白费了。

见过一回共产党示威，演说的东也是，西也是；有的站在大车上，颇有点巍巍然。按说那种马拉的大车平常不让进园，这回大约办了个特许。其中有个女的约莫四十上下，嗓子最大，说的也最长；说的是伦敦土话，凡是开口音，总将嘴张到不能再大的地步，一面用胳膊助势。说到后来，嗓子哑了，还是一丝不苟地喊下去。天快黑了，他们整队出园喊着口号，标语旗帜也是五光十色的。队伍内旁，又高又大的马巡缓缓跟着，不说话。出的是北门，外面便是热闹的牛津街。

北门这里一片空旷的沙地，最宜于露天演说家，来的最多。也许就在共产党队伍走后吧，这里有人说到中日的事；那时刚过"一·二八"不久，他颇为我们抱不平。他又赞美甘地；却与贾波林相提并论，说贾波林也是为平民打抱不平的。这一比将听众引得笑起来了；不止一个人和他辩论，一位老太太甚至嘀咕着掉头而去。这个演说的即使不是共产党，大约也不是"高等"英人吧。公园里也闹过一回大事：一八六六年国会改革的暴动（劳工争选举权），周围铁栏杆毁了半里多路长，警察受伤了二百五十名。

公园周围满是铁栏杆，车门九个，游人出入的门无数，占地二千二百多亩，绕园九里，是伦敦公园中最大的，来的人也最多。园南北都是闹市，园中心却静静的。灌木丛里各色各样野鸟，清脆的繁碎的语声，夏天绿草地上，洁白的绵羊的身影，教人像下了乡，忘记在世界大城里。那草地一片迷蒙的绿，一片芊绵的绿，像水，像烟，像梦；难得的，冬天也这样。西南角上蜿蜒着一条蛇水，算来也占地三百亩，养着好些水鸟，如苍鹭之类。可以摇船，游泳；并有救生会，让下水的人放心大胆。这条水便是雪莱的情人西河女士（Harriet Westbrook）自沉的地方，那是一百二十年前的事了。

南门内有拜伦立像，是五十年前希腊政府捐款造的；又有座古英雄阿契来斯像，是惠灵顿公爵本乡人造了来纪念他的，用的是十二尊法国炮的铜，到如今却有一百多年了。还有英国现负盛名的雕塑家爱勃司坦（Epstein）的壁雕，是纪念自然学家赫德生的。一个似乎要飞的人，张着臂，仰着头，散着发，有原始的朴拙犷悍之气，表现的是自然精神的化身；左右四只鸟在飞，大小旁正都不相同，也有股野劲儿。这件雕刻的价值，引起过许多讨论。南门内到蛇水边一带游人最盛。夏季每天上午有铜乐队演奏；在栏外听算白饶，进栏得花点票钱，但有椅子坐。游人自然步行的多，也有跑车的，骑马的；骑马的另有一条"马"路。

这园子本来是鹿苑，在里面行猎；一六三五年英王查理一世才将它开放，作赛马和竞走之用。后来变成决斗场。一八五一年第一次万国博览会开在这里，用玻璃和铁搭盖的会场，闭会后拆了盖在别处，专作展览的处所，便是那有名的水晶宫了。蛇水本没有，只有六个池子；是十八世纪初叶才打通的。

海德公园东南差不多毗连着的，是圣詹姆士公园（St. James's Park），约有五百六七十亩。本是沮洳的草地，英王亨利八世抽了水，砌了围墙，改成鹿苑。查理斯二世扩充园址，铺了路，改为游玩的地方；以后一百年里，便成了伦敦最时髦的散步场。十九世纪初才改造为现在的公园样子。有湖，有悬桥；湖里鹈鹕最多，倚在桥栏上看它们水里玩儿，可以消遣日子。周围是白金汉宫，西寺，国会，各部官署，都是最忙碌的所在；倚在桥栏上的人却能偷闲赏鉴那西寺和国会的戈昔式尖顶的轮廓，也算福气了。

海德公园东北有摄政公园，原也是鹿苑；十九世纪初"摄政王"（后为英王乔治四世）才修成现在样子。也有湖，摇的船最好；座位下有小轮子，可以进退自如，滚来滚去顶好玩儿的。野鸽子野鸟很多，松鼠也不少。松鼠原是动物园那边放过来的，只几对罢了；现在却繁殖起来了。常见些老头儿带着食物到园里来喂麻雀，鸽子，松鼠。这些小东西和人混熟了，大大方方到人手里来吃食；看去怪亲热的。别的公园里也有这种人。这似乎比提鸟笼有意思些。

动物园在摄政园东北犄角上，属于动物学会，也有了百多年的历史。搜集最完备，有动物四千，其中哺乳类八百，鸟类二千四百。去逛的据说每年超过二百万人。不用问孩子们去的一定不少；他们对于动物比成人亲近得多，关切得多。只看见教科书上或字典上的彩色动物图，就够捉摸的，不用提实在的东西了。就是成人，可不也愿意开开眼，看看没看过的，山里来的，海里来的，异域来的，珍禽，奇兽，怪鱼？要没有动物园，或许一辈子和这些东西都见不着面呢。再说像狮子老虎，哪能随便见面？除非打猎或看马戏班。但打猎遇着这些，正是拼死活的时候，那里来得及玩味它们的生活状态？马戏班里的呢，也只表演些扭捏的玩艺儿，时候又短，又隔得老远的；哪有动物园里的自然，得看？这还只说的好奇的人；艺术家更可仔细观察研究，成功新创作，如画和雕塑，十九世纪以来，用动物为题材的便不少。近些年电影里的动物趣味，想来也是这么培养出来的；不过那却非动物园所可限了。

伦敦人对动物园的趣味很大，有的报馆专派有动物园的访员，给园中动物作起居注，并报告新来的东西；他们的通信有些地方就像童话一样。去动物园的人最乐意看喂食的时候，也便是动物和人最亲近的时候。喂食有时得用外交手腕，譬如鱼池吧，若随手将食撒下去，让大家来抢，游得快的，厉害的，不用说占了便宜，剩下的便该活活饿死了。这当然不公道，那一视同仁的管理人一定不愿意的。他得想法子，比方说，分批来喂，那些快的，厉害的，吃完了，便用网将它们拦在一边，再照料别的。各种动物喂食都有一定钟点，著名的裴歹克《伦敦指南》便有一节专记这个。孩子们最乐意的还有骑象，骑骆驼（骆驼在伦敦也算异域珍奇）。再有，游客若能和管理各动物的工人攀谈攀谈，他们会亲切地讲这个那个动物的故事给你听，像传记的片段一般；那时你再去看他说的那些东西，便更有意思了。

园里最好玩儿的事，黑猩猩茶会，白熊洗澡。茶会夏天每日下午五点半举行，有茶，有牛油面包。它们会用两只前足，学人的样子。有时"生手"加入，却往往只用一只前足，牛油也是它来，面包也是它来；这种虽是天然，看的人倒好笑了。白熊就是北极熊，从冰天雪地里来，却最喜欢夏天；越热越高兴，赤日炎炎的中午，它们能整个儿躺在太阳里。也爱下水洗澡，身上老是雪白。它们待在熊台上，有深沟为界；台旁有池，洗澡便在池里。池的一边，隔着一层玻璃可以看它们载浮载沉的姿势。但是一冷到华氏表五十度下，就不肯下水，身上的白雪也便慢慢让尘土封上了。

非洲南部的企鹅也是人们特别乐意看的。它有一岁半婴孩这么大，不会飞，会下水，黑翅膀，灰色胸脯子挺得高高的，昂首缓步，旁若无人。它的特别处就在乎直立着。比鹅大不多少，比鸵鸟，鹤，小得多，可是一直立就有人气，便当另眼相看了。自然，别的鸟也有直立着的，可是太小了，说不上。企鹅又拙得好，现代装饰图案有用它的。只是不耐冷，一到冬天，便没精打采的了。

鱼房鸟房也特别值得看。鱼房分淡水房海水房热带房（也是淡水）。屋内黑洞洞的，壁上嵌着一排镜框似的玻璃，横长方。每框里一种鱼，在水里游来游去，都用电灯光照着，像画。鸟房有两处，热带房里颜色声音最丰富，最新鲜；有种上截脆蓝下截褐红的小鸟，不住地飞上飞下，不住地咭咭呱呱，怪可怜见的。

这个动物园各部分空气光线都不错，又有冷室温室，给动物很周到的设计。只是才二百亩地，实在施展不开，小东西还罢了，像狮子老虎老是关在屋里，未免委屈英雄，就是白熊等物虽有特备的台子，还是局蹐得很；这与鸟笼子也就差得有限了。固然，让这些动物完全自由，那就无所谓动物园；可是若能给它们较大的自由，让它们活得比较自然些，看的人岂不更得看些。所以一九二七年，动物学会又在伦敦西北惠勃司奈得（Whipsnade，Bedfordshire）地方成立了一所动物园，有三千多亩；据说，那些庞然大物自如多了，游人看起来也痛快多了。

以上几个园子都在市内，都在泰晤士河北。河南偏西有个大大有名的邱园（Kew Gardens），却在市外了。邱园正名"王家植物园"，世界最重要，最美丽的植物园之一；大一千七百五十亩，栽培的植物在二万四千种以上。这园子现在归农部所管，原也是王室的产业，一八四一年捐给国家；从此起手研究经济植物学和园艺学，便渐渐著名了。他们编印大英帝国植物志。又移种有用的新植物于帝国境内——如西印度群岛的波罗蜜，印度的金鸡纳霜，都是他们介绍进去的。园中博物院四所；第二所经济植物学博物院设于一八四八年，是欧洲最早的一个。

但是外行人只能赏识花木风景而已。水仙花最多，四月尾有所谓"水仙花礼拜日"，游人盛极。温室里奇异的花也不少。园里有什么好花正开着，门口通告牌上逐日都列着表。暖气室最大，分三部：喜马拉耶室养着石楠和山茶，中国石楠也有，小些；中部正面安排些大凤尾树和棕榈树；凤尾树真大，得仰起脖子看，伸开两胳膊还不够它宽的。周围绕着些时花与灌木之类。另一部是墨西哥室，似乎没有什么特别的东西。

东南角上一座塔，可不能上；十层，一百五十五尺，造于十八世纪中，那正是中国文化流行欧洲的时候，也许是中国的影响吧。据说还有座小小的孔子庙，但找了半天，没找着。不远儿倒有座彩绘的日本牌坊，所谓"敕使门"①的，那却造了不过二十年。从塔下到一个人工的湖有一条柏树甬道，也有森森之意；可惜树太细瘦，比起我们中山公园，真是小巫见大巫了。所谓"竹园"更可怜，又不多，又不大，也不秀，还赶不上西山大悲庵那些。

---

① 寺院门，敕使参谒时由此行。

游中山公园

张恨水

上

中山公园在明清之际是社稷坛，一九一四年（民国三年）十月十日开放，定名为中央公园。后中山先生死在北京，一九二五年为纪念先生，改名为中山公园。到今年已四十一年了。到北京来，中山公园是不能不到的。入门，便见古柏夹道。两边全有游廊，东边游廊通到来今雨轩。西边游廊，又分两路，一条通到兰亭碑亭，一条通过这里的御河桥，直达水榭。向正中看去，石牌坊一个，其下人行大道，东边树木荫浓，西边草地整齐。再前进，有金银花无数本，银木搭架，任金银花盘绕。这里已是古柏凌云，几不见日。下面是水泥铺地，平坦可步。其前为习礼亭，面对红墙一弯，柿子丁香，分排左右。一对狮子，分守着大门，门里面就是社稷坛了。掉首南顾，一带游廊，中间有一所比地还矮三尺的房屋，那就是唐花坞。到这唐花坞来，就要看看这时候花坞里养些什么花。花坞是折面式扇面的屋子，有我们五间屋子大。

唐花坞对过，有一岛式平地，周围全是荷花池子围绕着，平地中间有一所屋，曰四宜轩。这里的杨柳居多，望对过水榭东南角，那杨柳高可拂天，景致更好。过红桥可以在此小歇。又过一桥，一带土山，上面栽满了丁香树，山洼里面，有一个草亭，叫迎晖亭。爬石坡而上有屋半属陆上，半临水居，而且屋宇甚广，四周环连，此即为水榭。外人多借此地开展览会。进而东行，便是游廊。当荷花盛开时，在游廊漫步，莲花微香，才觉妙处。游廊末端，有亭一方，亭中一方大石碑，曰兰亭碑。上刻人物述王羲之三月三日修禊的事。这碑原在圆明园，圆明园火灾以后，便移植此地。出游廊北行，则古柏交加，浓荫伏地，夏季在树荫中小坐，忘暑已至，所以茶馆多设在此地。向北进，过山亭二处，有儿童运动场。此处另辟一门，直通南长街。从前原有一门，跨一长桥，通西华门侧面，现在不必走此弯路了。向东行，依然古柏很密，中有一格言亭，此系中山公园恰到一半的地方。东行为午门。转身南行，经过六方亭、十字亭，达一大厦，即来今雨轩。五月初，公园牡丹盛开。说到牡丹，觉得北京之花，仍以公园为第一。名种之多，约可以分为四大种，即丁香、牡丹、芍药、菊花。而四种之中，仍以牡丹为佳。昔日各公园未开放，北京人要看牡丹，都跑往崇效寺。该寺在宣武门外白纸坊，地极为幽僻。该寺虽牡丹开日，也不过二三十盆花。今公园单以种类论，就有三十多种；再以盆数论，有几百盆之多，和崇效寺比起来，是不可以道里计了。

下

中山公园外围，已算游过了，现在该游里面。里面有红墙一道，隔成四方形，统有四重门，一方一个。我们走南方进去，那里是南方种丁香，北方种芍药。社稷坛就在前面，这是公园最中央的地方，坛筑成正方形，三层石阶。土分五色，黄、红、蓝、白、黑。黄色居中心，其余四色，各占一方。四方也是以短墙支起，四面开门。这是从前皇帝祭祀土神谷神之所，在明朝永乐年间就有了。上去是中山堂，从前叫作拜殿。后面还有一个殿，旧日题名，叫作戟门，从明朝传了下来，共有七十二把铁戟，存在这里，八国联军之后，这些戟却没有了。两边还有两块空地全成为花圃。谈到花圃，我们就要谈到菊展了。

本来菊花会，以往京城私人方面也常举行，不过盆数不多，收的种子也不齐。一九五五年中山公园菊花展览，有几千盆之多，就在社稷坛上，用芦席盖了个蔽风雨之所。有多大呢，直有五十步长，宽的上有百步那样宽。遮风雨的棚子下，也有丈来深，一丈多高，这要摆菊花，试问要摆多少？他们又玩些花样，用大盆栽着菊花，花是肉红色，将花编得一样齐，一盆一个字，合起来乃是"菊花展览"四字。站在社稷坛上一望，只觉红的、白的、黄的、紫色的，绿叶托着，一层又一层，摆得有五六尺高，真是万花竞艳，秋色无边。

世界公园的瑞士

邹韬奋

　　记者此次到欧洲去，原是抱着学习或观察的态度，并不含有娱乐的雅兴，所以号称世界公园的瑞士，本不是我所注意的国家，但为路途经过之便，也到过该国的五个地方，在青山碧湖的环境中，惊叹"世界公园"之名不虚传。因为全瑞士都是在翠绿中，除了房屋和石地外，全瑞士没有一亩地不是绿草如茵的，平常的城市是一个或几个公园，瑞士全国便是一个公园；就是树荫和花草所陪衬烘托着的房屋，他们也喜欢在墙角和窗上栽着或排着艳花绿草，房屋都是巧小玲珑、雅洁簇新的（因为人民自己时常油漆粉刷的，农村中的房屋也都如此）。墙色有绿的，有黄的，有青的，有紫的，隐约显露于树草花丛间，真是一幅美妙绝伦的图画！

　　记者于八月十七日下午十二点离开意大利的米兰，两点钟到了瑞士的齐亚索，便算进了"世界公园"的境地。由此处起，便全是用着电气的火车（瑞士全国都用电气火车，非常洁净），在火车上遇着的乘客也和在意大利境内所看见的"马虎"的朋友们不同，衣服都特别地整洁，精神也特别地抖擞，就是火车上的售卖员的衣冠态度也和"马虎"派的迥异，这种划若鸿沟的现象，很令冷眼旁观的人感到惊讶。由此乘火车经过阿尔卑斯山（Alps）下的世界有名的第二山洞（此为火车经过的山洞，工程艰难和山洞之长，列世界第二），气候便好像由燥热的夏季立刻变为阴凉的秋天。在意大利火车中所见的东一块荒地西一块荒地的景况，至此则两旁都密布着修得异常整齐的绿坡，赏心悦目，突入另一种境界了。所经各处，常在海平线三四十尺以上，空气的清新固无足怪，远观积雪绕云的阿尔卑斯山的山峰矗立，俯瞰平滑如镜的湖面映着青翠欲滴的山景，无论何人看了，都要感觉到心醉的。我们到了琉森湖（Lake of Lucerne）的开头处的小埠佛露哀伦（Fluelen），已在下午五点多钟，因打算第二天早晨弃火车而乘该处特备的小轮渡湖（须三小时才渡到琉森城，即该湖的一尽头），所以特在湖滨的一个旅馆里歇息了一夜。这个旅馆开窗见湖面山，设备得雅洁极了，但旅客却寥若晨星，大概也受了世界经济恐慌的波及。

这段路本来可乘火车，但要游湖的，也可以用所买的火车连票，乘船渡湖，不过买火车票时须声明罢了。我们于十八日上午九时左右依计划离佛露哀伦，乘船渡湖。这轮船颇大，是专备湖里用的，设备很整洁，船面上一列一列地排了许多椅子备旅客坐。我们在船上遇着二三十个男女青年，自十二三岁至十七八岁，由一个教师领导，大家背后都背着黄色帆布制的行囊，用皮带缚到胸前，手上都拿着一根手杖，这一班健美快乐的孩子，真令人爱慕不置！他们乘一小段的水路后，便又在一个码头上岸去，大概又去爬山了。最可笑的是那位领导的教员谈话的声音姿态，完全像在课堂上教书的神气，又有些像演说的口气和态度，大概是他在课堂上养成的习惯。在沿途各站（在湖旁岸上沿途设有船站，也可说是码头），设备也很讲究，上船的游客渐多，大都是成双或带有幼年子女而来的。有三个五十来岁发已斑白的老妇人，也结队而来，背上也负着行囊，手上也拿着手杖，有两个眼上架着老花眼镜，有一个还拿着地图口讲指划，兴致不浅。这也可看出西人个人主义的极致，这类老太婆也许有她们的子女，但年纪大了各走各的路，和中国的家族主义迥异，所以老太婆和老太婆便结了伴。这种现象，我后来越看越多了。

　　船上有一老者又把我们当作日本人，他大概有搜集各种邮票的嗜好，问我们有没有日本的邮票，结果他当然大失所望！

　　我们当天十二点三刻就乘船到了琉森城，这是瑞士琉森邦（瑞士系联邦制，有二十二邦）的最为游客所常到的一个城市，在以美丽著名的琉森湖的末端。我们上岸略事游览，即于下午四点钟乘火车往瑞士苏黎世邦的最大的一个城市（也名苏黎世，人口二十万余人），一小时左右即到。该城丝的出产仅次于法国的里昂，布匹和机械的生产很盛，是瑞士的主要的经济中心地点，同时也是由法国到东欧及由德国和北欧往意大利的交通要道。该处有苏黎世湖，我们到后仅能于晚间在湖滨略为赏鉴，于第二日早晨，我们这五个人的小小旅行团便分散，除记者外，他们都到德国去。记者便独自一人，于上午十点零四分，提着一个衣箱和一个小皮包，乘火车向瑞士的首都伯尔尼进发，下午一点三十五分才到。在车站时，因向站上职员询问赴伯尔尼的月台（国外车站上的月台颇多，以号码为志），他劝我再等一小时有快车可乘，我正欲在沿途看看村庄情形，故仍乘着慢车走。离了团体，一个人独行之后，前后左右都是黄发碧眼儿了。

团体旅行和个人旅行，各有利弊。其实在欧洲旅行，有关于各国的西文指南可作游历的根据，只需言语可通，经济不发生问题（团体旅行，有许多可省处），个人旅行所得的经验只有比团体旅行来得多。记者此次脱离团体后，即靠着一本英文的《瑞士指南》，并温习了几句问路及临时应付的法语，便独自一人带着《指南》，按着其中的说明和地图，东奔西窜着，倒也未曾做过怎样的"阿木林"。

记者到瑞士的首都伯尔尼后，已在八月十九日的下午，租定了一个旅馆后，决意在离开瑞士之前，要把关于游历意大利所得的印象和感想的通讯写完，免得文债积得太多，但因精神疲顿已极，想略打瞌睡，不料步武猪八戒，一躺下去，竟不自觉地睡去了半天，夜里才用全部时间来写通讯。二十日上午七点钟起身后继续写，才把《表面和里面——罗马和那不勒斯》一文写完付寄。关于瑞士，我已看了好几个地方，很想找一个在当地久居的朋友谈谈，俾得和我所观察的参证参证，于是在九点后姑照所问得的中国公使馆地址，去找找看有什么人可以谈谈，同时看看沿途的胜景。一跑跑了三小时，走了不少的山径，才找到挂着公使馆招牌的屋子，规模很小，尤妙的是公使一人之外，就只有秘书一人，阍人是他，书记是他，打字员也是他，号称一个公使馆，就只有这无独有偶的两个人！（不过还有一个老妈子烧饭。）问原因说是经费窘迫。（日本驻瑞的公使馆，除公使外，有秘书及随员三人、打字员两人、顾问〔瑞士人〕一人及仆役等。）记者撤电铃后，出来开门的当然就是这位兼任阍人等等的秘书先生，他是一位在瑞士已有十三四年的苏州人，满口苏白，叫苦连天。我们一谈却谈了两小时之久，所得材料颇足供参考，当采入下篇通讯里。可是我却因此饿了一顿中餐。

八月二十一日下午乘两点二十分火车赴日内瓦，四点五十分到。在该处除又写了《离意大利后的杂感》一文外，所游的胜景以日内瓦湖为最美。但是这样美的瑞士，却也受到世界经济恐慌的影响。其详当于下篇里再谈。

观莲拙政园

周瘦鹃

也许是因为我家祖祖辈辈传下来的堂名是爱莲堂的原故，因此对于我家老祖宗《爱莲说》作者周濂溪先生所歌颂的莲花，自有一种特殊的好感。倒并不是为它出淤泥而不染，是花中君子，实在是爱它的高花大叶，香远益清，在众香国里，真可说是独有千古的。年年农历六月二十四日，旧时相传为莲花生日，又称观莲节，我那小园子里的池莲缸莲都开好了，可我看了还觉得不过瘾，总要赶到拙政园去观赏莲花，也算是欢度观莲节哩。

可不是吗？拙政园的水面，占全园面积的五分之三，池水沦涟，正可作为莲花之家，何况中部的堂啊，亭啊，轩啊，都是配合着莲花而命名的，因此拙政园实在是一个观莲的好去处。例如远香堂、荷风四面亭、倚玉轩，还有那船舫形的小轩"香洲"，以至西部的留听阁，都是与莲花有连带关系，而可以给你坐在那里观赏的。

我们虽为观莲而来，但是好景当前，不会熟视无睹，也总要欣赏一下；况且这个园子已被列为第一批全国重点文物保护单位之一，真该刮目相看。怎么叫作"拙政"呢？原来明代嘉靖年间（公元一五二二至一五六六年），御史王献臣因不满于权贵弄权，弃官归隐，把这里大宏寺的一部分基地造了一个别墅，取晋代名流潘岳"此拙者之为政也"一句话，取名拙政园，含有发牢骚的意思。王死后，他的儿子爱好赌博，就在一夜之间把这园子输掉了。到了公元一八六〇年，太平天国忠王李秀成攻下苏州时，就园子的一部分建立忠王府，作为发号施令的所在，这是值得大书特书的。

从东部新辟的大门进去，迎面就看到新叠的湖石，分列三面，傍石植树，点缀得楚楚可观，略有倪云林画意。进园又见奇峰几座，好像是案头大石供，这里原是明代侍郎王心一归田园遗址，有些峰石还是当年遗物。这东部是近年来所布置的，有土山密植苍松，浓翠欲滴；此外有亭有榭，有溪有桥，有广厅作品茗就餐之所。从曲径通到曲廊，在拱桥附近的水面上，先就望见一小片莲叶莲花，给我们尝鼎一脔；这是今春新种的，料知一两年后，就可蔓延开去了。从曲廊向西行进，就是中部的起点，这一带有海棠春坞、玲珑馆、枇杷园诸胜，仲春有海棠可看，初夏有枇杷可赏，一步步渐入佳境。走过了那盖着绣绮亭的小丘，就到达远香堂，顾名思义，不由得想起那《爱莲说》中的名句"香远益清，亭亭净植"八个字来，知道堂名就由此而得，而也就是给我们观莲的好地方了。

远香堂面对着一座挺大的黄石假山，山下一泓池水，有锦鳞往来游泳，堂外三面通廊，堂后有宽广的平台，台下就是一大片莲塘，种着天竺种千叶莲花，这是两年以前好容易从昆山正仪镇引种过来的。原来正仪镇上有个顾园，是元代名士顾阿瑛"玉山佳处"的遗址，在东亭子旁，有一个莲池，池中全是千叶莲花，据说还是顾阿瑛手植的，到现在已有六百多年，珍种犹存，年年开花不绝。拙政园莲塘中自从把原种藕秧种下以后，当年就开了花，真是色香双艳，不同凡卉；第二年花花叶叶，更为繁盛，翠盖红裳，几乎把整个莲塘都遮满了。并蒂莲到处都是，并且一花中有四五芯、七八芯，以至十三个芯的，花瓣多至一千四百余瓣。只为负担太重了，花头往往低垂着，使人不易窥见花芯，因此苏州培养碗莲的专家卢彬士老先生所作长歌中，曾有"看花不易窥全面，三千莲媛总低头"之句，表示遗憾，其实我们只要走到水边，凑近去细看时，还是可以看到那捧心西子态的。今夏花和叶虽觉少了一些，而水面却暴露了出来，让我们欣赏那水中花影，仿佛姹娅欲笑哩。

远香堂西邻的倚玉轩，与船舫形的香洲遥遥相对，而北面的斜坡上有一个荷风四面亭，三者位在三个角度上，恰恰形成鼎足之势，而三处都可观莲，因为都是面临莲塘的。香洲贴近水边，可以近观，倚玉轩隔一条花街，可以远观；而荷风四面亭翼然高处，可以俯观，好在莲花解意，婉娈可人，不论你走到哪一面，都可以让你尽情观赏的。穿过了曲桥，从假山上拾级而登，就见一座楼，叫作见山楼，凭北窗可以看山，凭南窗可以观莲，并且也可以远观远香堂后的千叶莲花了。

走进别有洞天，就到了园的西部，沿着起伏的曲廊向西行进，就看到一座美轮美奂的花厅，分作两半，一半是十八曼陀罗花馆，庭中旧时种有山茶十八株，而曼陀罗就是山茶的别号，因以为名。另一半是三十六鸳鸯馆，前临池沼，养着文羽鲜艳的鸳鸯，成双作对地在那里戏水，悠然自得。池中种着白莲，让鸳鸯拍浮其间，构成了一个美妙的画面；正如宋代欧阳修咏莲词所谓"叶有清风花有露，叶笼花罩鸳鸯侣"，真是相得益彰，而大可供人观赏，供人吟味的。

向西出了三十六鸳鸯馆，向北走过一条小桥，就到了留听阁，窗户挂落，都是精雕细刻，剔透玲珑。我们细细体味阁名，原来是从那句"留得残荷听雨声"的古诗句上得来的。这个阁坐落在西部尽头处，去莲塘不远，到了秋雨秋风的时节，坐在这里小憩一会儿，自可听到残荷上淅淅沥沥的雨声的。

园林艺术的大集成

范烟桥

"整个苏州是一个大花园",这句话已经为研究园林艺术者所公认了。去年由于园林整理委员会的努力,把留园、怡园、沧浪亭、环秀山庄(俗称汪义庄)修葺得簇簇生新,连拙政园、狮子林,就有六个各具风格、各有特色的园林,综合起来,可以称为园林艺术的大集成。

园林的主要构成部分,是假山、池塘、建筑物和花木,如何布置得恰到好处,并不简单,总是要通过美术家的设计,劳动人民的熟技巧思。现在"堆假山"的工人已不多,而且技术也已渐渐荒疏了。因此我们要很好地保存这些先人手迹,还希望培养美术工艺的后起人才,把千余年来(从北宋朱勔算起),中国特有的建筑学发扬光大起来。

假山的构成,必须用太湖石。因为太湖石经过无数年代的波浪的冲刷,而成为嵌空玲珑的奇姿异态。这些石头,都是由劳动人民用艰巨的力量,从太湖诸山的水边开凿下来,用大船乘风破浪运载到苏州,由设计者相度它的阴阳向背,参差地堆叠起来,使它互相呼应,连结成一种特殊的饶有画意的艺术形象。比较分散而形态平凡的,就叠成曲曲折折的径路。像狮子林的假山，规模较大，山径盘旋上下，最使人惊叹，欲罢不能。环秀山庄的假山占地不多，却是峰回路转，复杂万端，完全是崇山峻岭的缩本。惠荫花园（在第一初级中学内，未开放）的水假山，更是林屋洞的雏形。怡园的假山，故意逼仄得几乎走不过去，有"初极狭，才通人"的趣味。留园的冠云峰，有两丈多高，和振华女学（现为江苏师范学院附属女子中学）里的瑞云峰，同样是独块的巨大的而又峥嵘突兀的怪石，花多少人力从太湖中凿运过来，真是难以想象。有许多山石，用小块凑成，生了苔藓，竟天衣无缝，看不出堆垛痕迹来了。我们看到有些地方，夹杂了寻常的石块，见得色泽、形状都不谐和；有些地方，由于坍倒重整，技术不够好，失掉了美观，就会感觉到"堆假山"需要的条件是很复杂的。

池塘，使整个园林有空灵之致。上面用曲桥来连接，种荷养鱼，更添生趣。拙政园就以此见长，因为它是几个小岛屿结合拢来的。到那里，四面瞻望，连几处亭台楼阁也灵秀起来了。《红楼梦》所描写的大观园，我想作者多少吸取了那些布置结构的。

园林里的建筑物，又是中国各种建筑的大集成。它总是随着地形，和前后左右的假山、池塘相配合的，多了太挤，少了太空，大了太显，小了太晦，必须位置得宜，而且形式也是多种多样，不肯苟同、因袭。就是旱船、鸳鸯厅、四面厅，一般作为园林中的点缀，也各有体制。怡园的旱船位置最适当，狮子林的旱船就可有可无了，尤其是用水泥来做更不相称。拙政园的三十六鸳鸯馆有四个耳室很别致。留园的鸳鸯厅，窗格"挂落"雕镂工细，却不及狮子林的敞明。几处四面厅大都面临荷池，罗列山石，作为全园的中心。从中心散发出各种建筑物，好像一朵花，花蕊团簇，花瓣展布。我们从留园的"涵碧山房"望到前面一带假山和亭阁参差，朱楼碧树相映，仿佛展开了一幅宋元工笔院画。其他几个园林，也作类似的布局。还有一种极具匠心的建筑物，就是回廊。回廊是园林的纽带，一方面使平地增加曲折之致，有回旋余地。另一方面把全部建筑物连接起来，脉络贯通。有的依地起伏，有的临水架空，有的迤逦、回环、缭绕、断续，各极其妙。最可喜的是花墙，用砖瓦砌成复杂的几何形图案，表现了工技的聪明。沧浪亭有一百多个不同的花墙，其次是留园。

老话说："名园易得，古树难求。"园林里的花木，是颜面上的眉目，又像是称体的衣饰。四时荣瘁更代，使园林的趣味也随着季节而异。苏州的园林，大都创建于五六百年以前，假使历来爱护，应当有很多的老树，但是只有留园有两株连理交柯的大树，和树本中空、虬枝俯冲的榆树，拙政园、怡园有几株白皮松，此外都是年龄不高或者寻常易见的花木。只有文徵明手植的紫藤，在拙政园范围之外，枝叶满庭，花如缨络，在苏州是不多见的。

苏州有了这几处园林，而建制又是如此富丽犀瞻，有极高的艺术价值，足以称得美尽东南。但是走马看花，不把它的布置结构，彼此比较，就淹没了先民的劳动智慧。倘然游踪较广，所见较多，把这里每一种突出之点细细体味，更能领会到这些人工美正是自然美的提炼。所以总得费一两天工夫，才能游遍名园，大有所得。

种树

魏金枝

　　屋前的小天井里，除开当中的一方水汀地外，两边还余下两块泥地，本来种着好几样花木，计有三株冬青，一株杜鹃，两丛竹。我们是住惯了亭子间的，在房内每天看见的就是墙壁，所以当我们初住来时，对于这几样点缀品，也曾发生过一些兴趣。譬如在月夜，可有些树木的影子，参差地映到房里来。而晴和的日子，也有些小鸟，在树上唧啾。尤其是大热天，孩子们也可躲在树下玩儿，晒不着太阳。因此且曾议定方案，预备将它好好地整理一下。至于保护，那是当然了，对于这么个私家花园，实有义不容辞的责任。无如总因为忙，议定的方案，一直没有实行，甚且久而久之，对于这几样点缀品，慢慢地发生了厌倦之感。尤其是我的太太，她总说这房子的光线太差，老是绿暗暗的，分不出朝晚，辨不出昏晓，甚至连缝一个纽扣，也得费尽眼劲。那就是说，天井太小，树木太多，光线不能射进室内，室内便成一座深林，于是人在室内，犹如在昏暗中摸索。因而烦闷焦躁，以至于发生厌倦之感，那也是必然的结果。

然而最主要的，还是晒晾问题，孩子们是排泄专家，天天总有些尿布衣裤之类的东西要晒晾，可是树木却挡住了太阳，挡住了晾竿，给你种种的麻烦，使你不得不爬到三楼阳台上去晒晾。这还犹无不可；一到春天，它们还要尽力将枝桠伸展开来，慢慢地占住了从阶沿到玻璃窗这一空隙，这已使人发生一些逼害之感。且进而要拱破玻璃，大有登堂入室的样子。再过一时，又是黄梅天，天上整天下着牛毛雨，而孩子们小便的次数也就跟着竞争似的，越密越多，于是尿布衣服也就供不应求。既不能上阳台去晾，又不能湿了不换，唯一的办法，便只好在房里搭着竹竿阴晾。于是室内竿上的尿布，便如万国旗般，飘飘荡荡，挂个满室。水滴固然有时不免，而尿骚也就着实难闻。至于蚊子，自然也是从那些树木下孕育出来的，所以追根问底，自然都得怨怪到那几株花木。

大概也是一个黄梅天吧，我像落汤鸡似的逃回了家，衣上既是潮湿的雨滴，而衣内又是蒸郁的汗流，于是脱了衣，抹了身，躺在藤椅上息力，一面抓起报纸，无聊地消遣着。总以为可以暂时安适一下了，忽然，一滴尿布上的水滴，正正巧巧滴在我的鼻梁上，初次，我只嫌恶地抹去了水滴，另换了一个座位，但是第二个水滴，又马上滴在额上了。这把我肚里的陈年老火升了上来，于是我下了决心，顺手拿了把菜刀，也不声响，开出门去，对准了大一点的一株冬青，狠命地砍了几刀。刀是钝的，自然不能一下砍去，可是树枝上的水滴，却淋了我一身，把我新换的一身衣服，淋得滥湿。这时节，我真恨透了，不但不停止砍伐，而且加足了劲，心想一气就砍光了所有天井里的花木。但结果却更坏，因为刀卷了口，虽然还继续砍着，而刀却只从树皮上滑了去，有几下，甚至滑到自己的脚边，因而擦伤了皮肤。于是太太出来了，看见我那副光火的呆劲，怕我会砍断自己的脚，连忙把刀夺了去。算是表示安慰，于是坚决地说，一等天晴，她就预备向隔壁借把快刀，将所有树木，一起砍个精光。而我，老实讲，我也是力乏了，也便就此下场。

过了黄梅，天是晴了，猛烈的太阳，有时也从枝叶间溜进房内，于是我们的心情，也好似开朗了些，所以砍伐的计划，也就停着不曾进行。但是搁在心上的芥蒂，却也未曾消散，只是因为忙了，管不到这琐碎，也就得过且过，苟安着不再提起。凑巧不巧，接着又来了个秋季大霖雨，又是潮湿，又是热闷，然而室内，却又不得不晾满了尿布，而水滴也照常滴沥个满室，于是肚痛埋怨灶司，重新记起那几棵门外的花木。哪知天逢人愿，一夜大风，竟把那顶大的一株冬青连根拔了起来。本来，将它好好地扶直了，填好了泥土，或可照样生存下去的，可是因为心里恨它，所以虽然大水退了，还是存了一种幸灾乐祸的心理，让它自然地枯死了。接着，旁的两株冬青，两丛竹，一株杜鹃，大抵也因为淹了水，也都先后枯萎下去，接着一切都死了。

少了一切障碍着晾竿和阳光的障碍，室内是光明了，天井里也空旷了许多，尽可晒晾了，那是多么的可喜呵，于是一个假日，我便动手砍去已死的树骸，用菜刀把它们从根砍下，然后一段段地砍成柴片，预备作为引火之物。可是正当我砍伐到最大的那株死冬青，当我伸手扶它起来，我就发觉冬青的枝桠，原来还交叉着另一株树木的枝桠，它有着阔阔的叶子，比枇杷的叶子光滑鲜阔，原来是一株法国梧桐。它，原来就是一边靠着墙，一边靠着阶沿，一向躲在冬青树下，却被冬青茂密的枝叶遮蔽着，几乎无法显露出它的真面目，而现在，它却既不受风灾，也不受水灾，所以才侥幸地生存下来了。大概由于一点怜恤吧，也或者由于觉得这天井过于空旷了，于是我，一面以一种抱不平的气概，将冬青砍了下来，一面就将这受害者留着。心想，这样，它现在可以舒畅地生活了。

虽然这样，然而它那先天的地位，还是非常不利，因为靠着墙，它仍很难把它的枝干，自由地伸展开来，因此它只得像负隅的野兽般，将背脊贴住墙，而它的枝叶，则如驼背的老人，向前伛偻，必须吃力地支持自己，才能免于颠扑。因此我推想，倘使不砍去那株已死了的冬青，也或者可以稍稍支持它，然而现在却已砍去了。而另一面，生命之力，又拼命地引诱它，引向空间，引向太阳，以至于要是再继续长大下去，它自己的过量的体重，必至折断了它的腰。因之它也似乎觉得这点，便停止发展，甚至过了整个的一年，它仍是原样高，原样大，寂寞地躲在墙角边；倘不是正式地跨下院子去，便很难看见它是否存在。

而同时，砍去了树木，自然是多得了些光明，也有晒晾的地方了，然而一少了它们，就又觉到太寂寞了。因为少了它们，也就没有鸟声可听，月影可看。这，大概因为我们自己也是生物的缘故吧，往往多了一个生物，有时便会觉得多一份麻烦，但一旦少了一件，便又会觉得寂寞，那真是人类可笑的矛盾。

因此，我们又逐渐觉得寂寞起来了。当我们从玻璃格子上望出去，低点，便看见两块不毛的泥地，稍抬得高一点，又是面对着人家的死板的墙窗，此外再没什么有色素有生命的生物。虽然少了些蚊子，却也增加了热度，因为有着树木，树固然遮去了太阳的光线，但也代受了太阳的热力。这在平时，我们是不觉得的，现在却深切地觉得了，没了树木，也并没增加多少便利。

大概是偶然的一天，我又习惯地从玻璃上窥视天井，看见左边的那方泥地上，笔直地插着两三块劈开的柴爿，据我当时断定，以为定是孩子们在天井里玩，于是就把柴爿当为旗杆之类，插在那里了。这玩意，我们小时，也常常这么做，因此我又想，大概明天，孩子们玩腻了，一定又会把它拔了，仍旧丢到柴堆上去。然而，出乎我的意料，它们竟笔直地插了好多天，当我每次探头门外的时光，还是笔直地插着。于是我又想，大概因为天气凉了，孩子们便少跑到天井里去，于是对那已经插着的柴爿，也就懒得去收拾了。

然而这想法并不对，在某一个星期天，我仍看见他们照样跑到天井里去玩，照样争着吵着，对于刺面的秋风，并不觉着什么，而那插着的柴爿，也还照样插着，可见我想的并不正确，另外必定还有一个原故。于是我就几乎每天都要习惯地向天井里窥视一次，看看插着的木片，到底有什么变动。终于有一天，晚饭的时候，我又探头看天井了，忽然看见木片拔去了，换上三根鹅毛，而且仍是插在原来的位置上。

"鹅毛，哪里来的鹅毛？"我终于问了。

"是的，鹅毛，后门对家杀了鹅，她就去讨了来。"

"我是问，谁把它插在地上的？"

终于妻笑了，她指指坐在她身旁的孩子。"这呆子，"她说，"她要种出许多鹅毛来，因此她就把鹅毛插在地上了。"

"那么，那些柴爿，也是你插的？"我问那孩子，"可是插了柴爿，那是长些柴爿给妈妈烧饭吧？"

她皱起眉，认真地答道："不，那是长出树来的。"

"可是你又拔了它！"

"它不长，长了也会给你砍去的。"她说，她用眼怀疑地盯住我，同时向我顿顿头，表示着抗议，"现在我种鹅毛了，让它笔直地长上去，长上去，长得天那般高，那时，你就砍不着它了。"

自然，鹅毛是不会在泥里生长起来的，大概再过几天，它们又会像对付柴爿一样，被丢过一边的。然而这个意念是好的，我想不辜负她孩子天真的幻想，当植树节来临的当口，去买几株最容易长大的杨柳，将砍去的树木，重新补种起来。仍使月夜，有点参差的树影可看，有几只小鸟来树上啁啾，而孩子们也仍得在树下玩儿，而那躲在墙边的一棵法国梧桐，也可多几个伴。

菠萝园

杨　朔

　　莽莽苍苍的西非洲大陆又摆在我的眼前。我觉得这不是大陆，简直是个望不见头脚的巨人，黑凛凛的，横躺在大西洋边上。瞧那肥壮的黑土，不就是巨人浑身疙疙瘩瘩的怪肉？那绿森森的密林丛莽就是浑身的毛发，而那纵横的急流大河正是一些隆起的血管，里面流着掀腾翻滚的热血。谁知道在那漆黑发亮的皮肤下，潜藏着多么旺盛的生命。我已经三到西非，这是第二次到几内亚了。我却不能完全认出几内亚的面目来。非洲巨人正在成长，每时每刻都在往高里拔，往壮里长，改变着自己的形景神态。几内亚自然也在展翅飞腾，长得越发雄健了。可惜我没有那种手笔，能把几内亚整个崭新的面貌勾画出来。勾几笔淡墨侧影也许还可以。现在试试看。

　　离科纳克里五十公里左右有座城镇叫高雅，围着城镇多是高大的芒果树，叶子密得不透缝，热风一吹，好像一片翻腾起伏的绿云。芒果正熟，一颗一颗，金黄鲜美，熟透了自落下来，不小心能打伤人。我们到高雅却不是来看芒果，是来看菠萝园的。从高雅横插出去，眼前展开一片荒野无边的棕榈林，间杂着各种叫不出名儿的野树，看样子，还很少有人类的手触动过的痕迹。偶然间也会在棕榈树下露出一个黑蘑菇似的圆顶小草屋，当地苏苏语叫作"塞海邦赫"，是很适合热带气候的房屋，住在里边，多毒的太阳，多大的暴雨，也不怎么觉得。渐渐进入山地，棕榈林忽然间一刀斩断，我们的车子突出森林的重围，来到一片豁朗开阔的盆地，一眼望不到头。这景象，着实使我一愣。

一辆吉普车刚巧从对面开来，一下子煞住，有人扬了扬手高声说："欢迎啊，中国朋友。"接着跳下车来。

这是个不满三十岁的人，戴着顶浅褐色丝绒小帽，昂着头，模样儿很精干，也很自信。他叫董卡拉，是菠萝园的主任，特意来迎我们的。

董卡拉伸手朝前面指着说："请看看吧，这就是我们的菠萝园，是我们自己用双手开辟出来的。如果两年前你到这里来啊……"

这里原是险恶荒野的丛莽，不见人烟，盘踞着猴子一类的野兽。一九六〇年七月起，来了一批人，又来了一批人……使用着斧子、镰刀等类简单的工具，动手开辟森林。他们砍倒棕榈，斩断荆棘，烧毁野林，翻掘着黑红色的肥土。荆棘刺破他们的手脚，滴着血水；烈日烧焦他们的皮肉，流着汗水。血汗渗进土里，终于培养出今天来。

今天啊，请看看吧，一马平川，足有几百公顷新开垦出来的土地，栽满千丛万丛肥壮的菠萝。菠萝丛里，处处闪动着大红大紫的人影，在做什么呢？

都是工人，多半是男的，也有女的，一律喜欢穿颜色浓艳的衣裳。他们背着中国造的喷雾器，前身系着条粗麻布围裙，穿插在叶子尖得像剑的菠萝棵子里，挨着棵往菠萝心里注进一种灰药水。

董卡拉解释说："这是催花。一灌药，花儿开得快，结果也结得早。"

惭愧得很，我还从来没见过菠萝花呢。很想看看。董卡拉合拢两手比了比，比得有绣球花那么大，说花色是黄的，一会儿指给我看。可是转来转去，始终不见一朵花。我想：刚催花，也许还不到花期。

其实菠萝并没有十分固定的花期。这边催花，另一处却在收成。我们来到一片棕榈树下，树荫里堆着小山似的鲜菠萝，金煌煌的，好一股喷鼻子的香味。近处田野里飘着彩色的衣衫，闪着月牙般的镰刀，不少人正在收割果实。

一个穿着火红衬衫的青年削好一个菠萝，硬塞到我手里，笑着说："吃吧，好朋友，你尝尝有多甜。要知道，这是我们头一次的收成啊。"

那菠萝又大又鲜，咬一口，真甜，浓汁顺着我的嘴角往下淌。我笑，围着我的工人笑得更甜。请想想，前年开辟，去年栽种，经历过多少艰难劳苦，今年终于结了果，还是头一批果实。他们怎能不乐？我吃着菠萝，分享到他们心里的甜味，自然也乐。

不知怎的，我却觉得这许多青年不是在收成，是在催花，像那些背着喷雾器的人一样在催花。不仅这样，我走到一座小型水库前，许多人正在修坝蓄水，准备干旱时浇灌菠萝。我觉得，他们也是在催花。我又走到正在修建当中的工人城，看着工人砌砖，我又想起那些催花的人。我走得更远，望见另一些人在继续开垦荒地，扩大菠萝田。地里烧着砍倒的棕榈断木，冒着带点辣味的青烟。这烟，好像也在催花。难道不是这样么？这许许多多人，以及几内亚整个人民，他们艰苦奋斗，辛勤劳动，岂不都是催花使者，正在催动自己的祖国开出更艳的花，结出更鲜的果。

菠萝园四围是山。有一座山峰十分峭拔，跟刀削的一样，叫"钢钢山"。据说很久很久以前，几内亚人民的祖先刚从内地来到大西洋沿岸时，一个叫"钢钢狄"的勇士首先爬上这山的顶峰，因此山便得了名。勇敢的祖先便有勇敢的子孙。今天在几内亚，谁能数得清究竟有多少"钢钢狄"，胸怀壮志，正从四面八方攀登顶峰呢。